百部红色经典

救亡者

周文 著

北京联合出版公司
Beijing United Publishing Co.,Ltd.

图书在版编目（CIP）数据

救亡者 / 周文著. -- 北京：北京联合出版公司，
2021.7（2022.9重印）

（百部红色经典）

ISBN 978-7-5596-5111-2

Ⅰ.①救… Ⅱ.①周… Ⅲ.①中篇小说—小说集—中
国—现代 Ⅳ.①I246.5

中国版本图书馆CIP数据核字(2021)第035104号

救亡者

作　　者：周　文
出　品　人：赵红仕
责任编辑：夏应鹏
封面设计：赵银翠

北京联合出版公司出版

（北京市西城区德外大街83号楼9层 100088）

北京新华先锋出版科技有限公司发行

北京温林源印刷有限公司印刷　新华书店经销

字数181千字　787毫米×1092毫米　1/16　14印张

2021年7月第1版　2022年9月第2次印刷

ISBN 978-7-5596-5111-2

定价：49.00元

出版前言

　　为庆祝中国共产党成立100周年，全面展现中国共产党成立以来中华民族辉煌的发展历程、取得的伟大成就和宝贵经验，集中体现中华民族的文化创造力和生命力，北京联合出版公司策划了"百部红色经典"系列丛书，希望以文学的形式唱响礼赞新中国、奋斗新时代的昂扬旋律。

　　本套丛书收录了近一百年来，描绘我国人民在中国共产党的领导下艰苦奋斗、开拓创新、改革开放的壮美画卷，充分展现我国社会全方位变革、反映社会现实和人民主体地位、弘扬社会主义核心价值观、讴歌中华民族伟大复兴中国梦的100部文学经典力作。

　　本套丛书汇集了知侠、梁晓声、老舍、李心田、李广田、王愿坚、马烽、赵树理、孙犁、冯志、杨朔、刘白羽、浩然、李劼人、高云览、邱勋、靳以、韩少功、周梅森、石钟山等近百位具有代表性的中国现当代著名作家。入选作品中，有国民革命时期探索革命道路的《革命的信仰》《中国向何处去》，有描写抗日战争的《铁道游击队》《敌后武工队》《风云初记》《苦菜花》，有描绘解放战争历史画卷的《红嫂》《走向胜利》《新儿女英雄续传》，有展现新中国建设历程的《三里湾》《沸腾的群山》《激情燃烧的岁月》，有寻找和重建民族文化自信的《四面八方》，也有改革开放后反映中国社会现状、探索中国道路的《中国制造》，同时还收录了展现革命英雄人物光辉事迹的《刘胡兰传》《焦裕禄》《雷锋日记》等。

本套丛书讲述了丰富多样的中国故事，塑造了一大批深入人心的中国形象，奏响了昂扬奋进的中国旋律。这些经历了时间检验的文学作品，在艺术表现形式、文学叙述方式和创作技巧等方面都具有开拓性和创造性，作品的质量、品位、风格、内涵等方面都具有很高的水准，都是有筋骨、有道德、有温度的优秀作品，很多作家的作品都曾荣获"五个一工程奖""茅盾文学奖""鲁迅文学奖""国家图书奖"等奖项。

为将该套丛书打造成为集思想性、艺术性、时代性为一体，展现新时代文学艺术发展新风貌的精品图书，北京联合出版公司成立了由出版界、文学艺术界的资深专家和学者组成的编辑委员会。他们从文学作品的历史价值、文学价值、学术价值、现实意义等维度对作品进行了深入细致的研读和筛选，吸收并借鉴了广大读者的意见与建议，对入选作品进行深入细致的分析与综合评定，努力将"百部红色经典"系列丛书打造成为政治性、思想性和艺术性和谐统一的优秀读物，向伟大的中国共产党成立100周年这一光荣的日子献礼！

目 录

救亡者[1]

一

张振华将将转过街角，突然听见毕毕剥剥声震天价响，中间混合着庞大的潮吼一般的嘈杂人声，好像远远的那头发生了火灾似的。街这头的各种行人都仓惶四顾，乱七八糟地跑了过去，其中有三四个面红耳赤的青年，还把拳头抱在胸口两旁，仿佛是赛跑似的，只见他们的脚板在地上乱翻，尘土也随之而惊起，翻腾在人们的头上，空间，遮蔽了那俨然平静地坐在云端上的太阳，把它洒在人间的光辉搅得一团忙碌。许多车辆都在这忙碌中挤塞住了，车夫们怪声地吵闹着。每家铺子里的掌柜徒弟们也都急急忙忙跑出街沿来，伸长着颈子，把视

---

[1] 本书收录的作品均为周文的代表作。其作品在字词使用和语言表达等方面均具有鲜明的时代特色。此次出版，根据作者早期版本进行编校，文字尽量保留原貌，编者基本不做更动。

线投到那头去。只有一队飞机，像悠闲的老鹰一般，各展着双翼盘旋在那蔚蓝色天空下，仿佛这么咕噜着：

"这是啥子事哈？这'太平盛世'的后方城市也陡然大变了？"

张振华挤进人丛中，他的脑壳高出众人的头上，就像树林里的一支抽出树，能够毫不费力地望过去，但一个高长子挤到他的面前，那黑蓬蓬的后脑勺就将将挡着他的眼睛，他心里立刻感到一种不舒服。

"嗯！你挡着我！你哪里想到你挡住的就是常常出现在会场高台上的人物！"他的意识这么闪动了一下。

他把视线稍稍一移，就看见街那头烟雾沉沉的，一大团灰白，舒卷着，吞没了大半条街，连路边的树子和电线杆子也不见了。只有挂在长竹竿上的火炮，长蛇一般忽隐忽现地闪着，爆响着，火星四射着。一候儿[1]，才看见从烟雾中出现了一幅白布横旗，在阳光下照得非常鲜明，那是撑在两根竹竿上，由两个汉子拿着的；歌声，口号声，就从门旗那儿洋溢出来，如雷的鼓掌声也随之响起，啪啪啪地连一连二响了过来，与火炮声起着交响。渐渐近了，这才看见是好几个人提着火炮，总是冲在门旗前面跑。

"是送军队的！是送军队的！"人们嚷着。

果然，那横布上写着一排耀眼的大红字："欢送抗日将士上前线杀敌。"后面拖着一条长长的庄严的队伍：最先头的，是穿杂色衣服的各救亡团体，各个张着不同形式的旗帜，接着是穿黄色童子军服装跟麻色制服的学生行列。又不知道拖了多少长，才隐隐约约看见军队的一飘一飘的旗帜，军帽，枪尖，一连串很整齐地，望不见底，两边就是跟着乱跑的无数群众……

"是的，这是一个很好引用的材料，一候儿我去演讲的时候，一

---

[1] 一候儿：一会儿。

定加进我的材料里面！"张振华想。但这思想刚刚在他脑子里闪过，很快又闪出了另一个思想：

"唔，这也是救亡工作！我应该把我周围的人们领导起来！"

他立刻感到一种激动，周身血液都一下子沸腾起来集中到他脸上。他于是拿起两只手掌，做着要拍的样子，向左右说道：

"喂，这是为我们去抵抗日本帝国主义的战士，我们应该表示欢送呵！他们过来的时候，大家都拍掌呵！"

有几个徒弟模样的人点点头，也把手掌拿起来；有几个穿长衫的，却只看他一眼就又车过头[1]去了。他这候儿才发现一些铺子里，也有人用长竹竿撑出火炮来。

横布旗一过，那一个个满头流汗大张开嘴巴唱歌的队伍，就看得清楚了，太阳把他们每个的脸照得通红，灰尘也在他们的脸上扑着，被汗水粘结得亮晶晶的。无论瘦的，胖的，苍老的，年青的，男的，女的，都显得那么兴奋而激昂。张振华看见里边有好多都是熟人。

"那么，李侃然也一定在的了！"他想。就两手把众人分开，挤在前面一点，把眼光直向着那队伍扫射，碰着的也尽是向他笑的眼睛，却不曾看见李侃然的影子。他身边的人们鼓掌了，他也下意识地跟着鼓掌了，但他立刻觉得：军队还没有过来，还不是鼓掌的时候，正想车转头来向众人说，不要忙，你们看我拍手的时候你们才拍手！可是那队伍里的人们也跟着鼓起掌来了，有些人还伸起手来一招一招地，大声喊：

"欢迎同胞参加！"而那几个熟人就特别向他招着。

王志刚在眼前出现了。他是在马路中心一退一步地走着的，在面向着队伍提头唱歌，两只手杆用力地挥舞着。他没有戴帽子，黑发零乱地在头上分披着，随着歌声的节拍摇动。从背后望去，可以看见他

---

[1] 车过头：方言。即转过去的意思。

那健康的圆圆的红铜色的侧脸，耳朵被阳光照得明亮。他那宽阔的肩膀罩着飞行师的黄色短装，更加显得他的结实，跳动而且活泼。

……
大家齐来欢送，
大家齐来欢送，
救中国，
救中国！

众人将将唱完这一个歌，王志刚就车转身来了，立刻现出他那愉快的红铜色圆脸的全部，一对黑色大眼瞳在那亮蓝的眼中心射出极端兴奋的光芒，跟那多血色的脸庞，亮晶晶的高额陪衬得越加年青而强旺。他一眼看见张振华，就像虾子似的，动动他那柔软的身段，一跳就过来了，将他的手一拉：

"走！去参加吧！"

张振华皱起眉头，觉得他当着众人的面前做出这鲁莽的举动，简直是太没有把他尊重，但众人都车转头来看他，他又觉得不好推托，就只得跟着王志刚向着队伍来了。他把嘴斗拢 [1] 王志刚的耳边说：

"李侃然哪？我要找他！"

"啦！在后头！"王志刚伸手一指。

张振华就停住脚步，让队伍过去。王志刚就向着队伍，高高举起一个拳头，眼睛，鼻孔，嘴呀的全大大地张开，喊着口号，一跳一跳地去了。

在救亡团体的尾巴上，就看见李侃然。

李侃然是一个长马脸，两道缎子样的剑眉很明显地摆在那一对带着

---

[1] 斗拢：方言。指拼凑聚合在一起。

沉默味的眼睛上边，一条端正的鼻子嵌在那脸部的中央，把他的态度显得非常慎重，他那头上的铺满灰尘的旧博士帽，他那身上的青布长袍，就像天造地设一般，跟他的态度配合得如此恰如其分。他文静地跟着众人唱着歌，剑眉也随之而一扬一扬地。张振华走上前去，拉着他的手道：

"正有要紧事情找你！"

火炮声在两边震耳欲聋地响着，歌声雄壮地淹没了一切，张振华的声音就显得非常渺小了。李侃然一点也没有听见，一面唱着，一面似懂非懂地点着头。张振华只得拍拍他的肩膀，一把将他拉出行列来。李侃然愕然了，两道剑眉斗得紧紧地，望着张振华的脸，仿佛要从他的脸上看出什么来似的。而这时张振华的脸也有些不寻常，那在一顶博士帽下边的瘦骨嶙峋的脸，仿佛心事很重的神气，那本来很突出的眼圈骨和鼻梁骨更加显然地突起着，瞳仁在那凹下的眼圈骨里定定地看着他。他们这么对视了几秒钟，张振华只得再向他解释；但众人的歌声太大，李侃然还是没有听清楚，但他想：

"也许他有什么特别要紧的事，不便在许多人面前说出吧？"

于是就同他在街边的人丛中站着。学生的队伍已唱着歌过去了，接着来的就是开上前线杀敌的军队，一个个武装齐全精神抖擞地，一下一下喊出声震瓦屋的口号：

"誓死抗日！"树林般的手臂举起来了。

"收复失地！"树林般的手臂又举起来了。

"中华民族解放万岁！"树林般的手臂又举起来了。

李侃然跟着群众一同鼓掌了。忽然一封厚厚的信塞进他拍着的手心里来，他吃了一惊，车转头来望着张振华；张振华就给了他一个笑脸，那凹下的眼脸都笑得眯了起来。李侃然于是意识到，这信封里头一定是自己拟的 ×× 抗敌会的简章草稿，前天送请张振华修改的，他现在送还自己，也许已经改好了。

"多谢你！"他眉毛一扬，注目看他一下，表示感激。一面将信封揣进怀里，一面就转身打算追赶前面队伍去了。

　　"对不住！"张振华的耳根微微一红，顿时蔓延到瘦颊上，连眼圈骨那儿也红了。他把眼睛眯笑成一条缝，抱歉地拍拍他的肩膀道，"我没有时间改咧！"

　　像什么东西在脑壳上捶打一下，李侃然呆了。

　　"怎么咧？"他脑子里画上了一个问号。军队在他面前过着，火炮声，口号声，拍掌声，虽然在他耳边响着，但都好像离得远远的。他的心头完全为一种责任问题搅动了：

　　"那天你不是说，我这简章拟得太繁了吗？你已经答应改，为什么到此刻才说没有时间？"他想。

　　"不是今天下午就要开成立会了么？"他那长马脸显得更长了，两道剑眉斗紧着说道，"这时候哪还来得及？"

　　张振华仍然保持着他那笑眯了的眼睛，说：

　　"我就是想给你送到你家里来的哈！想不到我们在这儿碰着……"

　　他见李侃然不说话，只是呆呆地看着面前走过的无数士兵的腿脚，觉得很伤了他的自尊心，脸色立刻变得严正，语气也稍稍强硬：

　　"自然这回是对不住！但是我有什么法子呢？要上课，又要给学生改卷子，又有些不得已的应酬……"

　　"应酬！"李侃然回声似的。同时对那声音感到一种重压，于是一股气愤在肚子里涌起来了。心头抱怨着：

　　"是你那应酬要紧？还是救亡工作要紧？"

　　但是另一种声音却在他耳边响着：

　　"唉，李侃然！你在搞些什么名堂哈！这样几天你连简章都还没有搞好么？嗤，我们还以为你行咧！"

　　他仿佛就看见许多张面孔，许多张嘴巴，在批评他，责备他，心里感到不安起来。他立刻警醒着自己：

"是的，这是我自己的责任，我何必尽怪人家呢？"

他抬起头来，队伍已过完了，满是耀眼的烟尘跟那把阳光搅得很零乱的奔忙的人影，车辆乱冲着，人叫着。一个癞头孩子挤翻在地上了，他两步上前，弯下腰去把孩子拉起来。那孩子咧开小嘴巴哭着，用一个拳头滚着眼睛。他于是想道：

"是的，我们的将士是开上前线杀敌去了，然而我们这后方却还是如此混乱！人与人间还是那么的冷酷！……只有工作，是的，这是我们的责任！"

"好吧！"他走回张振华的面前说道，"这简章我去重新删改吧。不过还是请你帮我一下，一路到我那儿去如何？"

"唔，对不住！"张振华又把凹下的眼睛眯笑成一条缝了，"真的，此刻有一个学校请我去演讲，我不得不去咧！"说着，他就把博士帽在头顶稍稍提一提，踏下阶沿，但遂又回过头来，把手向空中一举道：

"好，如果我来得及，等一会儿我一定来！"走了，他那穿着灰布长衫子的肩膀，一摇一摇地在人丛中挤着，他那博士帽仿佛是浮在人流的顶上似的，一高一低地动着，很远都还看得见。但不久，也就消失在残余的烟雾里了，剩下的就是混乱的互相推挤着的人影。

二

关于张振华，李侃然想了许多。记得开战不久，张振华从北平回来，第一次的会见是在一个座谈会上。一个大餐桌围坐了许多人，白光的电灯泡吊在当中。香烟的烟雾充满了房间，在电灯周围回旋着许多白的烟圈。人们你一嘴我一舌地谈论着。只有张振华用两只肘拐撑在桌沿，两手捧着偏起的脸，眯细着眼睛看着每个说话的嘴巴，每个把话说完，他都把眉头皱一皱，仿佛别人的意见都是那么幼稚似的。众人谈得太多了，最后都掉过头来望着他，请他发表意见；有一位青年还站起来郑重地说，希望我们的救亡前辈给我们一些指示。他才把眼睛闭一闭，咳嗽一声，之后就说了一遍组织得非常严密的理论，末了，他主张："我们应该赶快成立一个救亡组织，成为我们指导的组织，抓紧每分每秒，集中精力，把民众迅速地动员起来！"全场一致鼓掌了。他带着满不在乎的样子，又把两肘撑在桌上，捧着了那张眯细了眼睛的脸。过几天，那组织因为环境的关系失败了，李侃然遇见他时，他就愤愤地挺着眼圈骨说道：

"这些救亡分子简直不行！顾虑什么呢？干起来就是，难道在北平的时候，我们没有干吗？我给他们提出些很好的意见，但是他们不听！不听算了，我反正是一个人，环境不对，说不定哪天把草鞋一穿还是走我的！"

后来就听见他很忙，说是为了生活并且为了将来的路费，不能不找一个职业——自然是合乎身份的职业。他跟李侃然说：

"唉，真没有办法！说是我'红'得很！××大学不敢聘我，只好教中学了！妈的，反正我只是准备几个路费！其实我要找一两百块钱的事并不难，有好些从前的同学和过去的好朋友还打听我，'振华回来了吗？'但我不愿去找他们，他们和我走的路是不同的！要想升官发财我今天不是这样子！哈哈！"

一幕又一幕的印象在李侃然的脑子里闪烁着，他把它加以考量，分析，到了跨进自己的房间，从床边经过，在一张写字台前坐了下来的时候，那印象还在他的脑皮质上粘着不去。他于是一手把简章稿纸铺开，一手拿杯子倒了些水在墨盘里，磨起墨来。不知怎么忽然来了一个结论了：

"是的，一切还是只有靠我们自己认真地工作起来才行的！"

但周围许多声音向他袭来了，麻将声很清脆地拍打着桌面，砰砰訇訇的，中间还夹着胖大的喊声："和了和了！"接着就哄起一阵哈哈。这是从上房那家人家传来的。对面厢房那家，则在放着留声机："桃花江是美人窝……"那种淫靡中带着肉麻的尖脆声音，很刺耳地不断涌来；滴滴答，滴滴答，窗外的街上，那卖担担面的，很响地敲着梆梆。"花生呵！脆花生呵！""橘子！甜橘子！"这各种各样的声音，混杂着，沸腾着，越来越多，越来越响，把他的脑子完全扰乱了。他竭力不听它，收紧自己的注意，看着稿纸，但那些声音却在他耳朵里吵得厉害。他将将看了两行：

第一条　本会定名为 ×× 抗敌会。

第二条　本会以拥护政府抗战到底，协助政府进行抗敌宣传，动员民众参加抗战为宗旨。

忽然，在许多声音中，又加上叮叮叮的铃声了。

"李先生！收信！"是一个沙喉咙的喊声。

他皱起眉头，跑出天井来，一个绿衣邮差把信递到他手上，就两手推着脚踏车出去了。

对面那家，有一对男女的头并拢地在窗口晃动着，随着《桃花江》的调子有节拍地荡来又荡去，发光闪耀着，大概又是在跳舞了。

"这些从战区里逃来的高等难民！"李侃然的胸脯鼓动着，心里感到非常地不舒服，而上房那家则用劈啪的麻将声向他示威。

"哼，前方将士如何地在同敌人浴血抗战！而这些家伙却……"

他喃喃着，心尖上像压上一块石头，就回进房里来了。

"越是有这些现象，越是应该加紧工作！"最后，他坚决地想到。

他把信封一看，是母亲寄来的。

"这信可以慢点看，"他对自己说，"重要的是先把简章先改好来！"就原封不动地把信丢在桌上了，拿起笔来开始修改简章。那些歌声呀，牌声呀，叫声呀，仍然在他耳边乱七八糟地纠缠着，但他的心已封得非常坚固，不再被扰乱，在稿纸上走着笔尖，顺利地工作起来了。窗外流走着浮云，遮蔽了阳光，使得屋子阴暗下来，以致稿纸趋于暗淡，但他已仿佛一点都不觉得。

"侃然，你弄好了么？"一个声音从他背后传来，他非常钝感地侧着头想一想这是哪个的声音之后，才车转身来，见是长杆子的张振华。

"你不是去讲演么？为什么这样快？"

"那些学生也都去送出征将士去了哈！时间改了！"张振华说着，那灰布长衫在门框那儿一飘，就走到桌子边来。

"你来得正好。请稍坐坐吧，我就要删改好了，请帮忙斟酌斟酌……"李侃然用笔尖向床上一指，就又反身伏在桌子上。

张振华坐在床边，两手支在床心，一个斜躺的姿势。突然从对面厢房传来唱小旦的声音，那打牌声里也起了吼叫，但并没有引起张振华的注意，他的脑子里正在不断涌现出他的讲演底稿：

"在西方——这三个字一开头就要说得响亮点……在西方，德，意法西斯帝国主义，唆使它们的走狗西班牙叛军佛朗哥，向着西班牙政府进攻；在东方！……这三个字也要说得响亮点……日本法西斯帝国主义，以疯狂的残酷的行动向着我们中国进攻！全世界已经到了革命与战争的伟大时代！……这是冒头。"他想，眼前就仿佛现出一幅画景：只见坐满一个大讲堂的学生们的头，都静静地翘起望着他，无数张年青的面孔都那么严肃地，对他表示敬意。他这长杆子的身材站在讲台上，稍稍偏着头，伸出右手向他们指点着。他记起有谁说过，伟人苏格拉底是极其善于雄辩的，讲演时就有着这样的姿势。他的眼光通过鼻尖子望过去，那画景消失了，单看见李侃然那弯在桌上笔不停挥的手，那眼角起着鱼尾纹的长长的侧脸，是那么单纯而愚蠢的。

"他那样子很像一个中学生！"他的脑子里忽然掠过这么一个思想。

他站起来了，伸手翻着桌子上的一堆书，拿起厚厚一本《社会史纲》来，翻了两页，就放下了，又拿起另一本《大众哲学》，用两个指头夹着封面，翻开，但忽然想起什么来似的，就那么把书停在胸前，微笑地眯细着眼睛说：

"你看过《新哲学大纲》么？这本书你很该看一看……"他习惯地把头稍稍偏着，伸出右手，他立刻又记起这是苏格拉底式。

李侃然正在用了最大的注意力工作着。张振华好像感到一点点失望，就要把右手收回，但李侃然忽然抬起惊愕的脸来望着他，那斗紧的两道剑眉攒聚在那长马脸的中央，简直是多么愚蠢的雕像呵！他于是用手指热心地画着书本道：

"我是说，你顶好看看《新哲学大纲》……"

"唔！"不知这是肯定呢，还是否定，李侃然"唔"了之后，又埋下头去工作起来了。但立刻李侃然就觉得自己这态度是不好的，于是一边写，一边说：

"是的，我从前看过一半……"

"嗯，你应该把它看完，顶好是多看几遍。"张振华把嘴杆拢一点，"你如果没有，我那里有——"随即他直起身子来叹一口气，"唉，可惜我有许许多多的好书，这回通通丢在北平，给日本鬼子弄光了！那是我十多年的成绩呵！从前我真是穿吃都舍不得，全都买书了！"他忽然有所感触，坐回床边，用两手扣着后脑勺，沉入深思里。忽然一种声音牵引了他，他竖起耳朵，就清楚地听见一个尖脆的声音唱道：

"看，云敛晴空，冰轮乍涌，好一派新秋……光……景……"

而眼前的纸窗，在日光下映着那摇晃的树叶的黑色剪影，这唱声，这景象，简直又仿佛坐在北平的公寓里一般。在那样的地方，在工作之余，一个人躺在籐睡椅上，让日光和树影吻着脸颊，手指还夹着一支袅袅升起烟线的香烟，那该是如何舒服的休息呢？

"你在北平，你不是被捕过么？

"是哈是哈！"张振华听见他又提到他生命史上最光荣的一页，立刻把眉毛在眼圈骨上一扬，一翻下了床，笑眯了眼睛，"是哈是哈！那是'一·二八'发生以后的事了！我那时在救国会里，简章啦，宣言啦，全是我一个人干！被捕的那天，我还正在起草一张宣言哩！"

他无意地把窗子的扇格推开，屋子顿时明亮起来，日光在窗口跳跃着，刺人的眼睛，铺着白布卧单的床，堆满书的桌子，以及李侃然的长马脸都反映得鲜明而清楚。这刺激了他，胸脯都鼓荡起来。

"那回的情形真是严重得很！"他继续道，"被捕的，我们一共三个，在监狱里，我向他们说，'为了中华民族，硬气点！'但是才看见老虎凳的时候，老陈简直吓昏了！但是认真说起来，那实在是残酷得很……"

李侃然站起来了，把改好了的简章送到他手上。但他还在兴奋着，不知道自己手上拿的什么东西，马上又放在桌上，嘴唇边沿跳溅起白泡沫，又说下去：

"但是我，并不把它放在眼里，虽然我昏死过去几次——因为他们实在把我看得太重要了！想起来，那实在是残酷到……"

他从前曾经说昏死过一次，现在却忽然说是"几次"，李侃然不禁笑一笑，又把简章送到他手上，他这回才看了起来。李侃然静静地守着他一条一条地看下去。

　　一阵凉风从窗口吹了进来，嘘着人的面颊，几片树叶脱落下来，叹息地撞着枝干，一飘一摇地落到地上。张振华忽然车转头去看看，自语道：

　　"在监狱里听见这样的声音是很凄凉的！"

　　李侃然着急地皱起眉头，但又觉得不好十分催逼他，只得静静地等他把话说完后又看简章。只见他翻到第二张时，眼圈骨忽然耸起，眉心挤成沟结。他立刻感到不安，仿佛身上穿着硬毛衬衣似的，脊梁都冒出微汗。等他看完了时，便振起精神，看他说出什么意见。但张振华却老是捧着那稿纸，沉吟着。他只得问了：

　　"呃，振华请不客气的……"

　　"我觉得你的字倒写得很漂亮的……"张振华沉吟了之后，终于说了。

　　李侃然的脸上立刻起了红云，好像感受了侮辱，就把草稿收了回来，折叠着。

　　"他生气了！"张振华想，赶快又从他手上夺了回来，哈哈笑道：

　　"不多心！不多心！我不过是随便说说的！"

　　"没有关系！"李侃然平静地坐回自己的座位。

　　张振华这回才真的感到一种强有力的意识在他的血液里抬头了，比任何时候都来得强烈，仿佛一种声音在责备他自己：

　　"我刚才为什么要对他敷衍呢？我是应该积极指导他的！要不然，素以'老资格'看我的他，会起怎样的感想呢？"

　　"侃然！"他带着一种教师将就学生的样子，凑到他面前，用两个肘拐撑在桌上，偏了头说道，"对于这简章，我以为你这样改，就很好。的确，你办事是很认真的！"他说到这一句，就特别眯细起含笑的眼睛，看了李侃然一眼，"请恕我不客气地说一句吧，我觉得这一条还应该修改一下，"他伸一根指头点在第九条上，"关于组织这一项，你这一删又删得太简了！你说？"

李侃然没有回答，等到听他把那第九条详细地解释了之后，又觉得自己这太给人以难堪的沉默态度是不对的，便笑道：

"呵呵，不错不错！我将才把它忽略了！"就提起笔来。

张振华感到非常的高兴，手掌拍着李侃然的肩膀：

"呵，你真是太好了！肯接受别人的意见！"见李侃然笑一笑，就又滔滔地说下去，"这样的事情，其实是很简单的！重要的是经验，从前我在北平的时候……"他说到这里，就把右手伸出来指点着，但李侃然忽然站起来说道：

"振华！我后来想了想，觉得那天筹备会上，有些人提出意见，希望大会的成立顶好稍缓两天，再多方面去接洽那些还没有来参加的人。但是当时大家都对这意见没有引起重视，很快就否决了！……"

"那是吴大雄提出的意见！这人我顶讨厌他，光爱说漂亮话，出风头，一点事情也不做，从前我们在北平的时候……"他说到"北平"两个字，又把右手伸起来了。

李侃然立刻提醒他：

"其实那天不仅吴大雄一个人提的呵！"

"从前我在北平的时候，我在救国会里，他曾经跑来会我，哎哎，你不要打断我的话嘛！我晓得，不管是他一个人也好，很多人也好，他这意见是错的！"他立刻想纠正这意见，只有拿出自己的理论来，于是把眼圈骨挺起，凹下的眼睛睁得大一点，把句子组织得像一篇论文似的说了起来，还用手掌在面前一推一荡的，以助他那说话的气势，"我们本质地说起来，在今天，日本法西斯帝国主义疯狂地野蛮地无耻地进行它的企图灭亡我们这中华民族的今日，在我们这半封建半殖民地的中国作为反帝反封建的先锋，必然地是知识分子，从历史的经验说来，'五四''五卅''九一八''一二·九'，种种运动都证明知识分子必然而且应该参加到斗争里来，"他用手掌抹抹额上的汗水，话是不断地继续着，"这抗敌会在发起之先，不是曾经各方面都接洽过的，自然不能否认，这回的接洽是不周到，可是，"他拿两个指头橐橐[1]地敲着桌面，帮助他这句话的力量，"可是我们何必一定要磕头礼拜的请来了才能开会喃？（橐橐橐）他们不会自己来吗？（橐橐橐）何况我们曾经发过帖子的。（橐橐橐）自然，我们办事情不能不小心，仔细，但也不必太兢兢业业，不然做人也太难了！"（橐橐橐）他忽然把那手举了起来，"从前我们在北平的时候……自然，此刻又不同的……不过……"

这贯穿着老长老长的无穷的名词和术语的话，李侃然还是耐心地听下去，看他说完了，拿出手巾来揩着额角的时候，才笑道：

"理论倒是一篇理论……"

"理论是实践的反映！"

"自然，知识分子应该参加到斗争里来，然而事实是需要我们想方法来推动……"

张振华立刻纠正他的话道：

"注意！我是说'知识分子必然而且应该'，我当中有一个'必然'，注意！有一个'必然'！"

"好吧，就算有一个'必然'吧！但事实上需要我们——"

张振华又打断他的话道：

"怎么'就算有一个必然'？我是确确实实说了'必然'的！"他用两个指头在桌上敲着，脸都涨得通红了。

李侃然感到一种威压，只得沉默了，把眼光向着窗外，只见有几

---

[1] 橐橐：汉语词语，意思是多状硬物连续碰击声。

个麻雀唧唧地在树桠上跳着，扑着翅膀飞了开去。金黄的日光已爬进窗来不少了，他就从桌上拿起火车表来道：

"呵呵，开会的时间快到了！我们现在去吧！"

"忙什么？此刻才一点半！离两点钟开会的时间还早得很哩！我从前才从北平回来的时候就上过不少的当！两点半去都还早！"

"可是我们自己还是得遵守时间哈！"李侃然一边说，一边就收拾桌子上的东西，把家里来的信装进衣袋里，加添道，"不然大家都一同腐化了！"

这后面的一句话，使张振华怔了一怔，但随即一转，把眼睛眯笑成一条缝，拍拍他的肩膀道：

"哈哈，如何？我说你老弟确是不错的！的确，他们都太腐化了！好，我陪你走吧！"

三

他们两个并肩在街上走着。

云堆积在天边，像将将收获起来的新鲜棉花，鼓胀着向天中突起，边缘白得如银，衬着蓝天跟那孤悬在高空的太阳，更显得非常可爱。满街是一片照彻一切的黄闪闪的光，行道树的枯叶都仿佛有了苏生的模样。只有人却是懒懒的，那坐在每家店铺里的人们，有的在胸前抄着两手望街，有的在勉强张着瞌睡的眼睛；而街上各种各色憧憧来往的人影，在这扫干净了火炮纸花的马路上，有的把两手搭在背后，驼着背，踏着自己拖在地上的影子慢条斯理地走着，有的则在张开嘴巴东张西望地一路鉴赏着各种铺面。这简直与先前送军队出征时的景象大大不同，好像那时是一个世界，此刻又另是一个世界似的。两个摩登女郎走来了，一色油光卷曲的飞机头，一色通体漂亮的红绸旗袍外加时兴披风，一色的有着一根黑柱子的高跟鞋，像学过兵操似的，走得挺整齐，一个口里说着下江口音，一个口里则说着本地口音。另一个穿着方肩头西装的摩登男士，就站在街心，用色情的眼睛把她两个死死瞅着，嘴巴都挂了下来，引得全街的人都笑了。张振华看了一阵，回过头来，就叹一口气：

"我对我们这后方，真是悲观得很！"

李侃然用那一对带沉默味的眼睛望着他：

"为什么？"

"你看嘛！抗战以来，我们这后方和抗战前有什么不同？所不同的，恐怕就是增加了许多高等难民来享乐吧！"

"自然，"李侃然一边走，一边回答，"可是今天送出征的情形，是令人值得兴奋的事！旧的生活，其实已经在改变了的！重要的是我们要加紧工作！"

"你很乐观。但工作——"张振华还没有把这句话说完，"可是你看！"他忽然把手向一家戏园跟几家酒楼一指。

那是一家门面高大而且金碧辉煌的戏园，大锣大鼓声瀑布一般轰传出来，咚咚哐哐地，门口挂着《济公活佛》跟"客满"的牌子。黄铜跟白铜的各种包车整齐地排了一长串。戏园对面几家新开的华贵酒楼前，一字儿停着雪亮的汽车五辆，楼上则正飞下吵架似的划拳声来：

"四喜四喜！高升高升！"

"我真是希望敌机来丢两个炸弹！看他们醒不醒！"张振华用他那指点着的手在空中一挥，愤激地说，"醉生梦死的人太多了！这简直是抗战中的障碍！"他忽然想起什么来似的，一下子站住了，把博士帽顶一摸：

"呵呵，我要从这儿转弯了！你一个人先去吧！"

"你有什么事吗？"李侃然诧异地问。

"没有什么，因为一个朋友才从战区逃来，他今天请酒，我不得不去应酬一下！这实在是不得已。老实说，我是讨厌这些无聊应酬的！"

四

李侃然觉得需要找一个伴侣，免得一个人孤清清地坐在会场等，便向着××救亡室来找赵世荣跟老孙，同时看看赵世荣整理的筹备会记录弄好没有。踏进救亡室的大门，只见有两个青年坐在里边的桌子上看书，把那乱发的头埋得那么低，专心致志地看着。看他进来时，都掉头望了他一望，又回过去看他们的书了。

他于是踏进第二个房间的门，从极光亮的地方到了这有点阴暗的房间，眼睛一下子受不住这急变，一时起了昏花，看不清楚面前的一切，但一候儿，也就看清楚了。

这房间里有四张桌子，分开靠着两边的壁头，每张桌子上都有人弯身在上面，借着靠前边壁上的一洞纸糊的小方窗的光在工作着；那光是微弱的淡黄色，斜射进来，像弧光灯似的刚好照着那四张桌子，许多微尘在光波里游走着，像关在玻璃缸里的小虫一般。有一个人在印油印，满手涂得是油墨，他拿油墨滚子在油印机上一滚的时候，那长长的头发就吊下来垂在额角，以致他不得不把头向上一摇，但那些头发不肯回到上面，立刻又乱纷纷地垂下来了。有两个则在拿着笔写着什么，不断地在纸上移动。只有那很年青的小陈在那儿讲着话：

"喂喂，老孙你看见那夏伯阳就是这样把手一甩么？"一个纸团就打在一个人的鼻尖子上。那人把笔一搁：

"唉，小陈！你怎么光是捣乱！人家老赵这东西马上就要要的！"掉过头来，就现出一个戴着黑边眼镜，额角许多横皱的脸，那是一个瘦削的尖脸，显示出工作过度的苍白，配着两边分开但有些倔强直立的头发，跟那鲈鱼似的嘴唇，表现出他这人性格的坚定——这就是老孙。当他掉过头来时，已一眼看见李侃然，就一手扶着眼镜，笑着走过来了，额上的横纹挤刻得非常密而明显。

"呃，你将才在路上走着走着，怎么一下子就不见了？我们还以为你一路到了东门外车站的咧！"

"因为一个朋友在半路上把我拖住了！"李侃然有点惶惑地说，但立刻加添，"有点要紧事！"

"啥子朋友哈！嗯？"小陈调皮地跑过来，眼睛仿佛大有深意似的。

老孙笑道：

"别跟人家开玩笑！我知道老李是不会的！你今天没有跟着出城，真可惜！"

"哎哟！今天真是紧张热烈得很！"小陈手舞足蹈地说，"你看，我们大家把他们送到车站外的时候，那一旅人的军队就坐在马路上，坐了一长串，我们于是分开来向他们讲演，他们就向我们唱《当兵歌》，还说'给你们逮几个鬼子回来拴在公园里，大家看'咧！……"他眉飞色舞地，还比着手势，形容那些兵士讲话的姿态。

"老赵回来了么？"

"回来了！"老孙说，"你要找他么？"

"你要找他么？"小陈一嘴就抢过去了，"真倒霉！我们同他将将从东门外回来，他就给××宣传团拉去呢！唔，你别提他了吧！他真是忙得很！他那天答应人家帮写五十张标语的，到今天还没时间给人家写，老刘不管三七二十一，就把他拉起跑了！"

"糟糕！我们就要开会了哈！他的记录整理出来没有？"

"别说他的记录了吧！"老孙说，但小陈立刻又抢去了：

"别说他的记录了吧！你看，他连在我们救亡室担任的整理图书，都还没有整理好咧！"说着，向着那光线不容易射到的那边一跳，用手指着那靠壁的一排书架。

在那昏弱的余光中，那白木做成的有着四格横板的书架上，那许多长长短短，大大小小，精装平装的书籍，果然乱七八糟地堆着，有两本还像摊开四肢睡懒觉一样躺在书架的脚边。李侃然的剑眉皱起来了：

"为什么？"

老孙把那鲈鱼似的嘴一开，叹了一口气，就一手扶着眼镜，一手去把那两本书拾起放在书架上，同时说：

"唉，他的时间太不够了！但他又老爱到处包揽！你看吧，连这记录都是临时拉我的夫！"

李侃然跟着老孙走到桌子边，拿起记录簿，见才整理了一半，便立刻呆着了。停了一候儿，才喃喃道：

"开会时间马上就要到了，还没有整理好！"

其余的几个人都挤拢来了，围着他看着，中间堆起了一堆黑影。那印油印的笑一笑，把一双黑手搓一搓，又依然拿起滚子回到原位印了起来，一边说：

"一个人其实专做一件事就好了！我就专印我的油印！"

另一个一直没有讲话的那位，则批评道：

"专做一件事，固然好，但兼一点也没有关系！不过他总是那样的脾气！以后顶好少派他的工作！"

"哪个派他呵！"小陈拈起那块纸团在手上抛着说，"他这人，生怕啥事不举他！大家都晓得他的脾气，无论啥子会，人家总跟他蒜谈子（开玩笑），喊声'举赵世荣呵！'，他总是马上就站起来了！就好像在他们乡下干活路一样！你晓得吧，他向我摆谈过，从前他父亲打家产官司倒霉的时候，他父亲在乡下逼着他干过活路，自己种地！但是他父亲弄了一笔钱送他到省城来读书过后，陡然在乡下有名了！所以他现在到处都爱攒一哈！"

老孙向他正色道：

"别随便乱说人家！"

门外边忽然起了嘈杂声。

"哈！老赵来啦！"小陈跳了过去说。

大家都旋风似的车过头去，果然听见赵世荣那特有的说话声——他每句话都几乎要加一个"的时候"，仿佛当作标点似的。

"唉唉，我说过的时候，答应下来的事的时候，龟儿子才不干！但是我这时候的时候，要去开会去了哈！标语的时候，我一定今晚上来写，好不好？"

"你总是吹！"另一个脆而响的声音，"大家只等你的啦。"

"你骂哪个？龟儿子的时候才吹！今晚上的时候，不做好，不算人！"

"不行！你……"

"唉唉，我已经的时候，说过了嘛！我给你的时候，赌咒好不好？"这显然，他说得急起来了，令人想见他那蛋圆形的油黑脸上，皱着两道粗黑眉毛的神气。小陈是在门边哈哈大笑了，还用手拍着大腿。接着就看见赵世荣同老刘拉拉扯扯地进来了。赵世荣那鹅卵石似的光洁的脸，满铺着一层薄薄的油汗，闪烁着一种光亮，微塌的鼻尖子仿佛玻璃似的射着一点白光。他一看见李侃然，便好像忽然得救一般，把两道粗眉一展：

"你看嘛！人家的时候，来催我来了？我的记录的时候，还没有搞好哩！"

　　他转过身来，就现出他那宽厚的肩膀，坚实的胸膛，青布学生装在他身上都紧绷绷的！他走到李侃然的面前，脸上带着一种乡下人的忸怩，油黑色里透出微红。

　　"实在的时候，很糟糕！"他说，"因为我自从那天的时候，开会过后的时候，××剧团的时候，又拉我帮他们的时候，演街头剧去了！所以的时候……"

　　"噢咿噢咿！你别说你那街头剧了吧！"小陈笑着蹦到他面前，"那真笑死了！你演的那《放下你的鞭子》的大徒弟，唔！我看你还是莫如演鞭子的好！"末了，他模仿着他的腔调说出最后一句话："你的时候，连鼓的时候，都敲不来哩！"

　　周围就是一阵哈哈。赵世荣的脸立刻通红了，愤愤地向着众人伸出两手道：

　　"人家的时候，把手杆都给你拉弯了的时候，拉你去演的时候，你又咋个的时候不去嘛？现在的时候，倒来说风凉话！"

　　印油印的那个放下油墨滚子，用手指着他批评起来了：

　　"说句你不恹气的话！的确，一个人专做一件事就好了！这样才做得精！你看我……"

　　另外坐在那边写字的一个，也插进来，但他的批评又是另一种的：

　　"兼一两件事，其实是不要紧的！比如我。不过，你实在弄得太多了！"

　　老孙看见赵世荣只是把手指摸弄着桌角，给众人说得非常窘的样子，就赶快给他解围，拉他一把道：

　　"算了算了！我们说起来，其实都也有缺点的！老赵虽然也有缺点，但他很热心！来来来，我们来说正经话吧，哪，你的笔，哪，你的记录簿，还有一半，你自己赶快整理好吧！因为你这字太草，我搞起来太慢……"

但是小陈不服气地:

"是的,他热心!我们不能否认!可是光热心,事情抓了很多不做算啥子呢?"

老孙把两手一摊道:

"这不是明明白白的事么?我们今天的救亡工作还做得不够,新的干部还没有起来!"

这最后一句话很合了众人的心了,印油印的那个把头发向上一摇,抬起脸来:

"老孙!有你的!"

于是大家都就不说话了,彼此都默默地咀嚼着那句话,各自埋头工作起来,形成一片心心相印的融和空气。李侃然感动了,虽然是站在微弱的光线中,却仿佛觉得置身在温暖而健康的气息里。而对于老孙特别起着深刻的印象,于是重新注意地看着他的脸:那瘦削的尖脸,眼睛很大,闪烁在眼镜后面,看人总是那么坚定的,鲈鱼似的嘴唇上有两撇浅浅的胡子。这面孔不过才会过两三次——因为他在外省工作多年新回来不久——然而此刻却觉得特别亲切。于是伸手拉着他的手肘道:

"呃呃,老孙我总是把你的名字忘记了!"

老孙正伏在桌角,看着赵世荣工作,听见他一问,这才翻身过来,一手扶着眼镜笑道:

"呵,我叫孙诚。"

"好吧,我们不搅他,先去了吧?"

孙诚的眼光在镜框后闪了一闪。

"我们一路去,很好。"他说,"不过,时间不多了,我看还是我守着他帮同整理起来好些。"

对于他这种诚恳而热烈地帮助别人的态度,李侃然起了激动。

"好吧！"他从心底里迸出来这愉快的一声，那声音里充满着热流，自己都觉得那是带着一种过分的兴奋而颤抖地说出来的。他紧紧地捏捏他的手肘，就出来了。

五

"当……当……当……当……"一辆雪亮的白铜包车迎面飞来了，冲过许多街车前面直跑。行人都纷纷让开。李侃然赶快向旁边一闪，躲避一下那威风，但背后却忽然抛来一声：

"李兄！"

他掉头一望，这才看清了坐在车上的是吴大雄。他那矮矮的，胖胖的身材，以及那圆圆的头颅，饱满的面庞，令人想起一个皮球，那戴在头上的新的灰呢博士帽，简直把他装饰得那么堂哉皇哉的神气。包车夫放下车子，吴大雄就一滚似的跳下来了，两手理理西装领子，便伸出来握着李侃然的手，夹杂着一点生硬的北方话说道：

"你这候儿到灰（会）场取（去）么？"

李侃然用那沉默的眼睛看着他，回答得有些冷：

"是的。你呢？"

"是呀是呀！我一猜就猜着了！从来就只有你老兄到灰（会）早，很认真，守时间，这实在是你老兄的长处，是我所不及的。不过，你老兄这候儿去，太早了呀！我刚刚经过那门口，进去看了看，连人花花儿都没有咧！所以我想利用这点时间去灰（会）一个人……"

李侃然听了，他这一长串恭维他的话，略略带了点高兴，但同时又有些不舒服，听他说完了之后，淡然地问道：

"你去会哪个？"但马上又觉得这问话是多余的。忽然吴大雄抓住他的手拖他一把，他一怔，莫名其妙地撞着一个行人，踏上阶沿时，老虎似的一辆汽车，就在街心猛烈地咆哮过去了，一阵冲天的灰尘向旁边扑来。吴大雄一手打着灰尘，一手拿手帕蒙着鼻尖，做了一个厌恶的嘴脸之后，又用手拍拍西装，这才带着一种玩笑的口吻说起来了：

"我这候儿去灰（会）一位'长'字号儿的。"他笑一笑，露出一排雪白的牙齿，同时又用手把余尘挥着，"他曾经几次请我到他那儿去，我都没有取（去）的。因为我的脾味儿向来就有点不愿意同他们这些大人先生们来往。不过呢，他这人还好，你看过高尔基著的《布格罗夫》吧，他就是那养（样）的人物儿。"他说到这里，就把眼光透明地看着他，眼眶睁得很大，好像要把眼珠子鼓出来似的，以加强他这话的力量。

"他对于救亡工作也很热心的咧！"他又两手理理西装领子，继续说，"因剌（此）我想，高尔基都能够同布格罗夫来往，何况我们现在是统一战线呢？像他这样儿的人，将来对于我们的立案之类一定是有帮助的……"他摸出一个很精致的烟盒，用大拇指顶开那侧面的一分宽的盒盖，将将现出一个小方孔，一支纸烟就从方孔跳了出来，递到李侃然面前道：

"靖（请）抽烟！"

"呃呃，抽过了！"

"啊呀！客气干吗？抽嘛，抽嘛！外人么？"就把纸烟塞在他手上，又摸出火柴。李侃然知道是推不托的，只得抽起来了。

吴大雄自己含了一支，吹出一连串的烟圈之后，笑道：

"现在的烟儿真涨得不像话儿了！你看这白金龙香烟儿，一听儿要一块儿几，涨了四五倍儿。呵呵，请问你一下，今天不是要选举么？"

"是的。"

"据你看来，执委里边儿选哪些人？"吴大雄说出了这句话，就用指头弹弹烟灰，竭力做出那种坦然的态度，然而眼睛却显得紧张。

"这……我还没有想过……"李侃然窘迫地答道。

吴大雄见他那迟疑的神色，自己便把眼睛顺下去看了看自己的皮鞋尖，显出心事很重的脸相，随即伸出夹着纸烟的手指敲敲李侃然的肩头道：

"据我看，今天这成立大会儿，未免太快一点儿了！因为有些颇孚重望的人都还没有约来。虽然在思想上，见解上，各有不同，但是抗日救国这一点儿上总是相同的，对吗？"

听他谈到这问题，李侃然立刻改变了淡漠的态度，把香烟拔下嘴来，目不转睛地望着他。

"那当然对的。"听他说完了之后，他回答。但忽然，刚才张振华对他说过的话"要那么兢兢业业地，做人也太难了！"有力地抓住他。他对于张振华的这话是觉得不免有些过火的，然而对于吴大雄的那种狡猾的态度，又觉得生理地起着一种反感，他于是加添道：

"其实都是发过帖子的，他们不来哈！"

"自然自然——"吴大雄说，但忽然一个颤抖的声音把他的话打断了：

"老爷，请你做一个好事……"遂就看见一只非常肮脏的手伸到面前来。吴大雄掉头一看，是一个蓬头垢面的叫花子，他顿时愤怒了，太阳穴暴起蚯蚓似的青筋，睁大眼睛咆哮道：

"滚开喔！"马上用手帕遮着鼻子。

那叫花子吓得倒退一步，随即做起可怜的样子，扁起嘴，哀求着。

"车夫！你在干吗儿呢？把他拉开去嘛！"他吼道。

车夫就跑过来给那叫花子一掌，打开了。

"自然自然，"他这才继续回到本题说起来，"他们不来，是他们自己方（放）弃。不过呀！五个指头儿也不齐呵！何况人呢？譬如你我，对于救亡，那不消说的，毫无稳（问）题是百分之百热心的。然而有些人，却多少有些儿不同呵！他们虽然也很爱国，但热心程度总差些，这就要靠大家来推动了！重（总）之，我们不能忘记我们的原则，今天我们的工作是全民族的！无分男女，无分老幼，无分贫富……"

李侃然对他这一番话，渐渐感到很大的兴趣，他的注意力随着他的话越提越高，觉得那些话都对的，于是张振华的话又被否定了。但听他说到最后那一句的时候，使他有所感触，忍不住要掉头去看了看那刚才挨了一掌打在旁边的叫花子。但吴大雄正讲得高兴，没有注意，还在说下去：

"你老兄使（是）一切都了解的人，当然使（是）明白的啰！重要的使（是）推动大家去接洽呀！譬如朋友中有些人同各方面儿没有什么来往的人，不便去接洽，其实是可以找能去的人的，譬如刘先生，钱先生，还有……"他沉吟着，要说不说的把嘴巴半开着。

李侃然知道他是想叫自己提他一个，但他没有提，只张着沉默的眼睛。

"自然，我也可以算一个。"吴大雄终于只得自己说了，用手指弹弹纸烟，"各方面儿的人算起来我都还熟。不过那天儿我提出的意见，大家没有注意呀，因此没有通过，实在是一件遗憾的事。我虽然想去接洽，但是大家又没有推举我，我又怎么好去呢？对么？不过，据我看来，这意见，今天儿还可以再提出来让大家考虑……"

"今天就要选举了哈！"

"是呀是呀！这可糟！"吴大雄皱起眉头，伸手搔着耳朵。同时用了最大的注意观察着李侃然的脸色，看他是否对这话确实感到焦急；而李侃然的剑眉确也是那么斗紧着的，沉默的眼睛不眨地把他望着。

他于是就说下去了:

"不过,作为补救之一法儿,顶好在选举的时候儿,——自然,这不过是我贡献的意见——多选些各方面儿都熟的人,你老兄以为如何?"说完之后,就把手弯起来一扬,一线火光从李侃然眼前闪过,一大半截剩余的纸烟,就躺在街沿下了。他拍拍手,表现出满不在意的神情,但眼睛却仍然把李侃然不放松地盯住的。

李侃然这才恍然大悟,原来他今天在街上要特别同自己谈话,而且绕了那么许多弯,重要的还是为的后面那一句。他从吴大雄的眼里看出了一种针尖似的逼人的光芒,仿佛威胁着他非答应不可似的,一股憎恶的情绪在心里燃烧起来,他就把眼睛避开了;就在这时候,忽然看见一只肮脏的手爪捉着那半截纸烟,插在一个污黑脸的嘴上。他于是冷冷地说道:

"好吧!"

"那好,我就取(去)了!"吴夫雄立刻伸手把他的手一握,一翻的滚上包车,向他一拱手,脚铃当的一声,车子就飞去了。从车后看去,那前面冲天翘起的弓形车杆,像一道拱门,杆巅闪着刺目的铜光,与太阳争辉,仿佛在夸耀它的阔气。吴大雄就像坐在摇篮里一般,新的灰呢博士帽的顶一摇一荡地……

六

李侃然进了会场的大门,一片大草地就出现在眼前,阳光在那被人踩踏得衰败了的草上显出枯黄色,静悄悄地。一口风把地上的枯叶卷走了几步，但枯叶不愿走，一摇一晃地摇着枯草躺下来了。草场边一株老树，向蓝天舒服地伸直着它那脱了许多叶子的枝干；枝干上停着一群老鸦，在东张西望的，见人一来，便哇的一声，全都飞起，掠过阳光把扇着翅膀的影子在草地上面投了一瞥就不见了。李侃然寂寞地望一望，就踏过草地，向着那借来作为会场的房间走去。

进了门，一股阴冷的气息将他周身包裹了来；这间长方形的屋子四壁，以孤清的神色把他望着；一排排的桌子和凳子，构成一道一道的沟形，都张着它们那空虚的大口，在那儿吐出寒气；从窗扇射进来的阳光也显得暗淡了；只有窗纸的破洞，仿佛这个房间的嘴巴，在唱着孤独情调叹息似的歌，有风从那儿漏进来。他一个人坐在一张桌前，心里非常地不舒服。掏出火车表来看看，长针已指着十二，是正正的两点钟，但还不见有人来。他于是把家里来的信取出，拆开，抽出信纸，看了下去。信里头又是向他诉苦，说是："汝须知吾家已不如往年，些许田产，已入不敷出，而百物昂贵，生计日艰，债台高筑，望汝偿还，闻汝近为人改卷子生活，非长法也。"接着就是要他到他舅父任上去做一点事，以"振兴家业"，最后就说："难道要救国，连家都不顾了吗？"他皱一皱眉头，就把两手伏在桌上捧着头脸，呆呆地望着纸窗，好一候儿，才喃喃道：

"哼，振兴家业！做梦！日本人还要来灭你的种咧！"

他想起前几年为了读大学，向亲戚借钱，但得到的只是白眼，有一位长得白胖的舅父，还一手拈着嘴唇上边梳子似的黑胡子，一手指着他，教训了他一顿：

"这种年头读啥子大学！还是哪里军队里找点事来做做的好！没有啥子家务 [1] 的人就不要图啥子正路功名！"

---

[1] 家务：家产。

他只得张着沉默的眼睛忍受着。但他并不忘记奋斗，把一些田押给别人。进了大学了，但因为穷困，冬天还是穿着一件薄薄的污旧夹衫，躲在寝室里冷得发抖，有些同学经过他的门口，都老远就轻蔑地把头转开去，他也只得把自己沉默的眼睛俯在书本上忍受着。他愤慨于人与人间是如此的冷酷，但同时他从书本上看清楚了，自己的命运陷于如此的境地，都是帝国主义侵略的结果，他于是毅然离开学校，起来奋斗了。

但他想：母亲也可怜！几十岁了，头发已灰白，门牙已脱落，眼睛已深陷，晚上还要逼近豆大的灯火尖着十指缝补什么衣服之类，而且不断地咳嗽，心里就感到非常地痛苦。但他把当前的救亡工作跟它两相比较，就又觉得那样的事是渺小了。然而心情总是像流着一种苦汁似的不快，他于是懒懒地把信装回袋子里，在地上踱了起来。他希望能够有一个人来就好。

忽然，他听见一段嘹亮的歌声了：

"起来！不愿做奴隶的人们……"

声音越唱越高，越高越雄壮。渐渐近来了。他不由得兴奋起来。

"呵！王志刚来了！"

他走到门边，就看见那穿着黄色飞行师短装的王志刚出现在草地上了。那短装扣得紧紧的，显出他那强壮而紧扎的身材，那不肯驯静的跳动的脚步，那甩动得很高的两手，那圆圆的饱满的红铜色的脸，那明亮的带着梦幻色彩的眼睛，以及那分披在两边的黑玉似的头发，处处都洋溢着有余的精力，他因此也觉得神旺了。

"老王！才来么？不守时间！"为了忘记自己的不快，他竭力让自己的语气轻快些。

"笑话！啥子！不守时间？两点钟！你看看，两点钟！"他捏着两拳，做了一个跳远的姿势，一步就跳到门前，把手表伸出去指着说。

李侃然拿起他的手看看，又侧着耳朵听听，他这时才真的感到非笑不可了：

"哈，你的表睡觉了！"李侃然道。

王志刚伸回到自己的耳边，立刻皱起了眉头：

"咋个咧！走得好好的，咋个忽然不走咾？哪，时间宴^[1]了！我赶快把摊子摆出来吧！"他说完，就双脚一跳，进了门槛，大踏步地绕着那一行一行的座位，向着屋子的一角走去，皮鞋后跟的可可声音，使得天花板下的空气都起着嗡嗡的回响。李侃然见他忽然蹲了下去，钻进一张条桌的下面去了，接着就看见那条桌悬空站起，向着门口走来。

"来来，我帮你抬嘛！"李侃然觉得很兴奋，便迎了上去。

"不要紧，不要紧！这桌子很轻的！"桌子下面在回答，随即发出歌声来了：

"我们的心……是战鼓……

"我们的喉……是军号……"

桌子到了门边，放下了，王志刚的头就从下面钻出来，那红铜色的脸更加鲜红，而且更壮实些，一对大黑眼瞳跟那亮蓝的眼白都发出玉一般的光彩。他一跳起来，拉开抽屉，拿出一张写着"签到处"的纸和一盒糨糊。

"我们……

"挥舞起……刀枪……"

他唱着，一脚踏着桌沿，便一纵身站上去了，指头挖了糨糊，就在门枋上把"签到处"贴起来。李侃然感受到他那洋溢着的精力，那种劳动的愉快，也在胸中燃烧着一股想飞跃的热情，不由自主地跟着

---

[1] 时间宴：时间晚了。

他唱起来了：

"踏上抗……敌的战……场……"

王志刚捏着拳头，纵身一跳，又下来了，立刻又从抽屉里拿出墨盘，笔跟签到簿来，道：

"来，开始签到，嗟！你先到，你先签！"

李侃然就把身子弯成一张弓，拿起笔签起来了。他觉得今天从离开送出征的队伍以来，这候儿又才真正感到无限兴奋——为了发舒过去压抑惯了的心，他是只要遇着这样的场合就让它去尽量兴奋的，但这时所感到的兴奋又跟在救亡室时不同：在那儿的空气是严肃，而这候儿却是活泼的，仿佛觉得这正是自己所缺少的特质，因此觉得王志刚的可爱，甚至连他满口土话都是很可爱的。一种想跟他亲近的欲求，在心里猛烈地抬头了。他就抓住王志刚的手，拉到门槛边，也用自己不大用到的土话说了起来：

"唉，坐下来，我们摆龙门阵 [1]……"

王志刚将将同他坐在门槛上，忽然一下子又站起来了，搓搓两手：

"呵哟，总理遗像还没有挂起咧！"他就跳进门槛可可可地走到主席台上去了。

"他这人的精力总是那么用不完似的！"李侃然用他那带着沉默味的但却是愉快的眼睛送着他那跳动的背影，赞叹地想。

王志刚终于又出来了，他又拉他坐在门槛上：

"呃，老王！你今天送到东门外的情形咋样？"

王志刚的眼珠忽然非常明亮，一下子又站起来了：

"呵呵！今天真是比头回紧张！"他挥舞着手臂说，"你看，到了车站的时候，我们所有的群众就跟那一旅人合唱了一个《义勇军进行

---

[1] 摆龙门阵：聊天。

032

曲》，那硬是雄壮极了！热烈极了！那歌声呵，拉连了好长，连天空都震动了！那旅长都硬是感动到流泪了！你看那旅长，他等大家唱完后，就站上一个很高的土台，他那高个子，一站到那高台上，简直是一个很英武的民族英雄，所有的群众都围着他，你看，他是这个样子站着的……"王志刚就一脚踏着签到的桌子，跳了上去，站得笔挺的，做出军人的立正姿势，脚跟靠拢，脸色顿时变得非常严肃，如铁一般。

"你看，"他挥着他那黄袖子的手臂说，"那在群众之上，的确是一种庄严的壮观。他说：'我今天实在太感动了！因此，使我感到从前内战时的惭愧！我今天才真正知道民众对我们是如此热烈！'他说到这里，流泪了！他又说：'我是军人，很简单，我们一定要去为我们的民众，为我们的民族，去抗战到底，希望大家在后方努力救亡工作！'他下来后，好多人都作了热烈的演讲。我也跳上去说了几句话，我说：'我们也是踏着你们的脚迹来的！在战场上相会吧！'"他跳下桌子来了，拍着李侃然的肩头道：

"你今天咋个不去？"

李侃然才要回答，忽见他已一翻身跳到草地上了，弯下腰去，捡起一个坏到只有半截的提篮来……上面有许多污泥。

"你看，这不是很像一个手榴弹吗？"他拿到李侃然的脸前，很感兴趣地摸弄着，眼珠子滴溜溜转动。

李侃然笑了一笑：

"你倒是处处都可以发现你的新大陆……"

"我想我去打游击一定很不错的。甩手榴弹我从前在学校练习过的，你看——"他把手一举，做了一个姿势，使劲一抛，那"手榴弹"就在空中旋转着，打着前面的老树，碰到阶沿上，啪的一声，破成几块竹片。他立刻快活地笑起来了：

"哈，鬼子着了！"

李侃然也跟着笑了。

"想去打游击么？"

"我硬是想去得很咧！"王志刚非常高兴地转过身来把它望着，"我常常想，假如我能去到前线的话，我一定去做一个游击队员，背一支枪，背一把大刀，别几个手榴弹在腰杆上，你看你看，我这样子行不行？"他抓着李侃然的两肩，拉来端正地望着他自己，他就把那黄短装的胸脯挺出，两手叉在腰上。李侃然从头到脚打量了他一遍：

"行。当然行！"

"我常常想，不不！我昨天黑了又做了一个梦，梦见我已经当了游击队员了。我们这一队在乱林子里头走着，是晚上，有月亮，月亮很大，好像就在头上，那清幽幽的光辉，从密密麻麻的树叶漏下来，洒在我们的身子上，就好像许多小银片。那硬是很好的景致呵！我们不说话，轻悄悄儿地踏着乱草走，转出树林，就是一带悬崖绝壁，下面是一道河流，月亮照在上面，发出鱼鳞子一样的点点的光，我们就发现敌人在崖下了，看见一连串的黑影子在动，我首先就抽出手榴弹来，砰砰砰砰地甩下去，马上就腾起火光，好像是队长在我身上一拍，说："你打得很好！'但是不晓得咋个的，我就醒转来了！"他说完了的时候，就仰起脸望着天空。太阳已经偏西了。天空的中央，在那蓝底子上抹着几条稀薄的白纱；东边的云絮则铺展得非常均匀，好像弹花匠人才把它弹过似的。那白纱，那棉絮，都迎着太阳发出灿烂的银色。

李侃然看着王志刚的眼睛，那亮蓝的眼白托出的黑眼瞳，仿佛浮着一层梦幻的烟，但又非常清明，他想，他不知道又在幻想着什么了。

"你这样的梦，好是很好，不过有点太诗人气了！"他笑道，"战争，并不如你想得那样美丽的咧！它是最现实的！"

"但是你能否认战争在今天唯一的意义吗？"王志刚不服气地辩论着。

034

"自然，战争在我们今天是需要的，而且还要坚持抗战到底咧！一种罗曼蒂克地对于战争的憧憬是必要的。"李侃然诚恳地一手抚摸着他的肩头解释道，"不过不应该太诗化了！我们应该正视它的残酷性，去克服它，不然，会在现实上碰钉子的！"

王志刚红了脸，那圆圆的额角凸起青筋：

"你这人太现实主义了！我不赞成你这种绝对的现实主义！"

李侃然笑了：

"你把我的话又听错了！我何尝在主张绝对的现实主义？"

"你说了的！"王志刚坚决地说，"你说了的！你不是说'会在现实上碰钉子'吗？"

"但是你把我——"

王志刚立刻打断他的话：

"你那种绝对的现实主义是不对的！"

李侃然皱起两道剑眉，把他的长马脸凑拢一点，又向他解释道：

"但是你把我前面的一句'一种罗曼蒂克地对于战争的憧憬是必要的'的话忽略了！"

"我并没有忽略！你不是又说'不应该诗化了'吗？我记得哪一位革命家说过，不会做梦的，不配做一个战斗者！可见你是错了的！"

李侃然沉默了。他从王志刚那铁紧的闭住的嘴，跟那锋芒毕露的眼光，感到一种太顽强且固执己见的意志，于是觉得受了重压似的，他的唯一忍受的办法就是沉默，但他又觉得王志刚那种精力有余，非常活泼的一面，究竟是可爱的。为了打破这僵局，他于是把话头转开去：

"你打算什么时候到前线去？"

王志刚好像还余怒未消的样子，好一候儿，呼出一口气，才说道：

"唉，总是走不成哈！我父亲他们总是不要我走！他要我去做一个公务员，我才不干咧！我已经看见他在办公室坐一辈子了！一天到晚坐着，又没有多少公事办，只吹牛，无聊得要命！我是决不走我父亲那条路的！我父亲又要逼着我把大学读毕业！在这样的时候，哪个还有耐心去读那些古书！然而讨厌的是这后方的工作又做不起来！你叫我咋个办呢？今天那旅长说：'我们是上前线去了，希望你们在后方努力救亡工作！'但是咋个办呢？我想，不管他三七二十一，哪天还是脚板上擦油——溜他妈的！"

李侃然听他说着的时候，脑子里也闪出他母亲的信来，心尖上就感到隐隐的痛苦，然而想：

"但是，在这个伟大的时代，我们究竟都成长了！虽然他同我，各自成长起来的基础，显然是不同的。"

"你这决定很好。"他说道，"不过，我想你还是暂时不忙走，因为这后方很需要人工作，人手少得很咧！"

"可是你看咋个工作？"王志刚气愤地伸手指着签到簿，"两点钟过这样久了！还没有人来！"但他忽然把眉毛一扬，高兴地叫起来了：

"呵，我们的主席来啦！古得摸铃！"他便一蹦跑了过去，跳到大门边，一把抓着张振华的手，就陡闻着一股酒气，"哈哈，我们的主席又吃酒啦！"

张振华那被酒浸得微红的两个突出的颧骨跟眼圈骨，更红了，便昂起头，报复似的用手拍拍他的背道：

"哈哈！你这小老弟！密斯吴正在到处找你咧！"

"你别瞎扯呵！"王志刚就跑开了。

张振华立刻皱起眉头，把眼圈骨高高耸起，现出心事很重的神气，向李侃然招手道：

"侃然！我告诉你一件重要的消息。"他就站在草地中心。

李侃然跟王志刚都迎到他面前来了，睁大眼睛把他望着。张振华前后望望，才说道：

"刚才我在朋友席上，听见好几个人说，冯斌他们那批人在说闲话，今天不来参加会了！"

"啥子？"王志刚叫了起来，"他们要咋个？"

张振华没有看他，又加添道：

"因此我没有终席就跑来了！听说他们要退出咧！"

好像一锤打在李侃然的脑壳上，他慌乱了一下。但他把嘴唇闭得很紧，两道剑眉下的眼睑一闪一闪地，在思索着这件事发生的根源。在这样的时候，他冷静了，他觉得应该慎重地来加以考虑。

"那么，这回事弄糟了！"

"自然，糟是有点糟！"张振华点点头说，"不过，他们不来，我们也可以成立起来！"

王志刚也跟着点点头道：

"是哈！成立起来就是了！你怕就把我们摆干[1]了么？从前就是东顾虑，西顾虑地顾失败了！还要顾虑到啥子时候？"

这些话好像箭一般射来，李侃然只有用沉默的眼光来承受。他觉得他在这时应该做得无比的镇静，决不能轻率从事。他的身体就像铁柱子一般，不动，长马脸也鼓一般绷紧。他想起刚才在街上同吴大雄的谈话来了。

"也许吴大雄也不会来了吧？"他想。他觉得对于吴大雄的为人，自然有许多令人不满意之处，但是为了抗日民族统一战线的工作，刚才自己是太感情地对他轻蔑，似乎不应该，重要的是应该理智地推动来做点工作。总之，重要的是工作！只要无害于抗日救亡的工作，只要他不主张妥协投降，在做人的方法上虽然不能令人满意，但又有什

---

[1] 摆干："把你们丢下，让你们没别的办法"的意思。

么关系呢？他想到这里，立刻又记起刚才同吴大雄谈话的时候，曾经想到张振华的话，因而对吴大雄更加表示了冷淡的事。

"那么我也显然受了张振华的影响了！"

他立刻感到了一种痛苦，仿佛吃了毒草似的。这一切，在他脑子里旋转得很快，一个接一个的涌现，形成一条整然的思想的线索。他惊异于这思想的发展，使自己很迅速地就把握住了那中心的柄子。最后，他沉静地说了：

"自然，成立是要成立的。不过我们应该要慎重，绝对不能引起摩擦，增加救亡工作的困难……"

"哪个跟他们摩擦？"王志刚不服气地跳起来，"是他们要摩擦哈！他们不来，难道别人就不能工作吗？"

"但是我们总得希望他们来工作！"李侃然坚决地说，"救亡工作，除汉奸外，谁都应该推动起来才行的！难道我们这几个人就可以工作得了么？何况他们不来，也许我们这抗敌会会发生什么样的困难都说不定的！过去就是前车之鉴！"

"无疑地，他这是右倾的观点！"张振华想，自己应该站在指导的地位，切实纠正他，便微微偏了头，把凹下的眼睛眯成一条缝，伸出右手在李侃然的胸前一点：

"无疑地，"他理论地说道，"你这是只看见事实的一面，而没有看见现实重大的要求的。原则地说起来，无疑地，在今天抗日战争中，我们民族本身的缺陷一定要暴露出来的。我们是半殖民地半封建的国家，一些人的封建意识，在此时也容易暴露出来。譬如这抗敌会在发起之先，他们来参加，多少是带有领袖欲来的！后来看见恐怕不容易当到领袖，就不来了！所谓民族统一战线，我们应该看到广大的民众，几个领袖不来，又有什么关系？"

"但是，请注意！"李侃然也不让，发出他从来少有的争辩，"所谓广大民众，自然是不错的。不过我们要谈的是我们本会的事。很显然，我们××抗敌会的构成分子是知识分子，不就是需要这些人么？他们要当领袖就给他们当好了！我们要的是工作！"

"他们连领袖都不来当，你把他们咋个办法？"王志刚把两手一拍，随即向两边一分。

李侃然立刻警觉着自己，如果大家光是在原则上兜圈子，会越说越僵的，于是竭力把态度放得非常平和，拍拍张振华的肩膀道：

"老哥，不管怎样，我们现在总得想个补救的办法！"

"有什么补救的办法好想？"

"我想提供一个意见，看你们怎样。"李侃然说。张振华跟王志刚都聚精会神地把他盯住。"我想，"他睒一睒他那沉默的眼睛，"我想，莫如找吴大雄出来，因为他各方面都熟悉……"

王志刚哈哈笑了：

"嗤！他么？"轻蔑地瞥一眼，就跳开去，在草地上抓起一块小石头，大声地唱起来了：

　　　工农兵学商，

　　　一起来救亡，

　　　拿起我们的铁锤刀枪……

李侃然立刻感到受了侮辱一般，脸上青了一般，但随即微微一笑，向张振华解释道：

"是的，刚才我在街上遇见他，他曾经向我谈起……"

"哈哈，"张振华也笑了，"他竟游说你来了么？他不过是把我们当作上天梯，想不到你会那样相信他！"

李侃然这回真的气愤了，他想：

"我的脸色一定是很难看的吧？"

但其实他的眼睛只是寂寞地映着，跟鼻翼有些扇动。

"我又何尝不知道！"他说，"不过能推动他工作多少就多少！在今天，我们不能否认，工作的困难是很多的！我们也只得耐心地来做！"

张振华看见他那说话的样子，俨然是在指教他似的，立刻非常气愤了。

"他在思想上还有问题的！"他这么想了一想，便决心要说服他了，于是又把脸偏起：

"从前我们在北平的时候，对这样的问题早已经争论过了！"那意思好像说，那时不晓得你在哪里呢！"在我们中国的社会性质，本质地说起来，是半殖民地半封建的社会……"

"他的'理论'又来了！"李侃然阴凄凄地把脸掉开去，忽然看见有四个人来了：两个穿学生装的，一个穿长衫的，一个穿西装的，他便决定借这机会暂时逃开，于是大声喊道：

"喂，请签到！请签到！在这儿！"就转身到签到的桌子边指着。

七

张振华愤愤地向王志刚面前走来。王志刚还在那儿一下一下地弯腰捡石头甩，他那黄短装的身子就像一把折刀似的一关又一开地动着，一面唱着歌：

　　……枪口朝外向，

要收复失地，

打倒日本帝国主义，

把旧世界的强盗杀光！

张振华拍拍他的肩头，以致他吃惊地扭过头来。

"老李简直是错误的！"张振华说，"我担心他恐怕连《中国社会性质论战》这本书都没有看过！"

王志刚拍着手上的泥土道：

"他这人倒是一个好人。只是呆板一点，我的脾气也跟他不大合得来！"他就在张振华那长杆子的肩下走了起来，一灰一黄，衬映得非常分明。三架飞机排成品字在那蓝底白云的高空盘旋，在他们的头上窥看着，背后则起着嘈杂的说话声。他们仍然向前走着。

"自然，他是好人，我也是这样的看法。"张振华微偏地俯下脸来说，"不过，是一个缺少个性的人，这就证明他了解理论太不深刻！我们从前在北平的时候——不，不，老实说，今天的中国社会，是一个极端复杂的社会，特别是我们这后方。你看，抗战以来，我们这后方有什么变动没有？没有！战区里许多高等难民逃来，荒淫无耻的现象只有增加着……"

"是哈是哈！不错。"王志刚点点头。

"这种现象，是根本地与封建传统的口味相合的……"

"是哈是哈！"王志刚又点点头。

张振华也就越兴奋了，瞧着这非常接受自己意见的王志刚的脸，就眯细着凹下的眼睛，唱歌般地讲下去：

"这种封建传统，只有一天天向着没落路上走的！在抗战中，它怕着各种新的发展，说不定会开起倒车来，来一次黑暗……"

王志刚骨碌着一对大眼瞳望着他，他那每句话，一进了他的耳朵，就在他眼前幻成一种可怖的景象：好像那"封建传统"陡然变成浓厚的成团的乌云，布满了天空，又变成黑色的房屋那么大块波浪的狂流，冲刷着大地，暴风雨，闪电，也突然地来了，而许多人的身体就在那乌天黑地的暗光中，被那山峦起伏的狂流吞卷着，吞卷着，而当中就有他自己跟密斯吴……但他的耳边还在继续响着张振华的声音：

"我看他们这些做救亡工作的真不行！……真是有许多事都令人看不上眼！……从前我们在北平的时候……"

他们已踏进树荫下，枝枝桠桠的黑影一爬上他们的头，立刻就全身都给他们网满，他们走近苍老的树干，在阶沿边坐下来。微风掠过，枝影摇摆，轻轻吻着他两个的脸庞，王志刚头上的头丝也轻轻飘动。张振华用脚尖颠动着草地上的一块石头，颠过去又颠过来，仿佛非常失意似的，玩弄着。

"像这样轻风徐来的天气，打游击该不坏……"王志刚闭着眼睛，睫毛组成两条黑线，舒畅地领受着微风的亲吻，说。

"这样的天气，在北平的西山倒不坏。"张振华又把石头颠了两颠，"记得我那次才从狱里出来，我很感到疲倦了，就曾经在这样的天气，在西山休息了一个时期……"他停了一停，"是的，自从我休息下来，听说他们的救亡工作就不及从前了！至于这里的工作，"他忽然愤激地，"是的，只要我肯做，凭我的经验，依我的话，我敢斗胆地说，我可以弄得好！只是，你看吧，他们并不接受我的意见嗳？"他用眯细的眼睛对着王志刚两手一摊。

王志刚忽然发现了张振华脚尖那石头，便伸手抓了过来，一面说："其实你很可以负起责任领导起来嘛！"

"唉……！"他深长地叹了一口气，摇摇头，"事情不是那么简单哈！算了！随他们干吧！我横直只要等到有了路费的时候，还是到别的地方去走走！"

"真的。我也想到前线去咧！"王志刚一跳地站起来，手一扬，石头就抛了出去，"在前线硬是可以痛快多了！不像在这后方，不生不死的！我硬是讨厌透了！"他的声音忽然加高起来，"呵！来了不少人了！我们过去吧！"

"他还是一个小孩子！"张振华看着他那丰满的红铜色的侧脸，跟那明亮的耳朵，以及那精力有余的跳动的背影想。

"他年青，他强壮，所谓初生的牛儿不怕虎……但是我呢？"他问着自己，用手指摸摸瘦骨嶙峋的脸颊，觉得自己是苍老得多了……

"不的！"他忽然又对自己的想法起着反感，"我不能这样颓唐！这几年我已孤独得久了！但是我过去是曾经有过光荣的历史的！在北平的时候……是的，正如王志刚所说的，我可以负责领导起来……"

八

王志刚跑了过来，看见已来了几十个人，组成三个圈子，在那儿的斜阳光里分组地谈论着。有一圈差不多尽是三四十岁的人，有的穿西装有的穿长袍，大都是在学校方面或其他方面有地位的人们；另一圈则是杂的，有长胡子的，有短胡的，也有没有胡子的；第三圈则尽是青年，以穿学生装的占大多数，李侃然也在这一个圈子中。显然，这许多人也都已知道今天有人不来参加的消息了，都在把它当作问题的中心谈论着。他就挤在李侃然旁边，李侃然看他一眼道：

"今天的人大概不会来得再多了！等一候儿就可以开会了！"

其时，额头上有一块疤痕的青年，手指上捻动着一株草，说：

"唉，这么扯垮了是不好的！"

"是哈！救国的事，闹什么意见？真是将才曾老先生说得好，闹意见的都不是中华民族的好儿女！"站在王志刚旁边的一位尖下巴的苍白脸愤激地说。

"哦！原来曾老先生也来了！"王志刚想，抬起眼来，看见那边的一圈里，就站着那灰白头发，嘴边吊着一部三寸胡须的老头子。但一听见对面的孙诚抢着说起来了就赶快把眼光收回。

"是的，我们总得想办法哈！"孙诚一手扶扶眼镜，眼光坚定地望了众人一圈，说，"不能够这么喊一声垮就垮了吧！那还谈什么救国？曾老先生那样大的年纪的人都来了，我们这些青年还要闹意见，那是可羞的！抗战这么紧张，前线的将士跟民众牺牲了不知多少！我们大家还有什么不可以坦白商量的？难道要给日本帝国主义各个击破才好吗？"他举起一只手掌，慎重地在空中一劈，补足他的话道："日本特务机关长松史孝良的文件里，不明明就是希望那样地灭亡我们吗？"

王志刚把手一拍道：

"我想没得办法！我只有上前线去了！"

李侃然深沉地盯了他一眼，这一眼是大有深意的。因为将才这些人才来的时候，一谈到有人要退出的话，有好几个人的主张都非常干脆："要退出，请便吧！"他好容易用了多方面的分析，把他们说服下来，到了曾老先生到来，他们才高兴起来了。现在就生怕王志刚又来放大炮。但他立刻高兴的是孙诚又说起来了，那额角上刻画着重叠的横纹：

"上前线去，那又是另外的事了！我们不能够说，上前线去，就把目前的工作放弃了嘛！"

众人都掉头去望着孙诚，见他说话非常沉着，不慌不忙地把两手挥动着，仿佛要把每个字都打进人的心里。等他说完了之后，就都回转头来望着王志刚。王志刚的脸通红了，不服气地说道：

"我并没有放弃目前的工作哈！"

那尖下巴的苍白脸拍着王志刚的肩头：

"老王！好了吧！不要我们也闹起意见来，那才笑话咧！说句老实话，我听你说要上前线去，也不知道听了多少回了！叫的麻雀总是不长朡[1]！老艾该没有叫过吧，可是他倒不声不响地去了！如何？"

周围的人就是一阵哈哈。一个长子笑道：

"哈！我晓得他为啥子没有去的！"说时，眼睛里表示着大有深意的神气。众人都立刻问他：

"啥子呀？啥子呀？"

"啥子？恋爱问题！"另一个抢着说。

于是全体都啪啪地鼓掌了。捻动着一株草的那人问：

"就是密斯吴么？难怪咧，我说老王为啥子忽然变成诗人了？作了许多诗！自然啦，诗是要有热情才能作得出来的！"

"你看！你们就光说废话！"王志刚指着他们说。

"好吧，我们就说正经话吧！"尖下巴的苍白脸说，"我们今天应该向我们的老王要求，在未上前线以前把工作负担起来！我们可以说，目前我们这后方的工作是太迫不可缓了！但是像这样不生不死的现象，咋个可以谈得上支持长期抗战？爱好和平的国家都在帮助我们，我们自己就更应该争气！今天我们这抗敌会已经有困难出来，我们就应该设法来解决这困难！"

"对！对！这是毫无疑义的！"好几个人都异口同声说。

忽然那边长衫西装的一圈，也哈哈大笑起来了。大家都旋风似的车转头去，只见那些人笑得前仰后合的，有几个露出牙齿的瓷面闪着

---

[1] 朡：肉。

黄色的阳光。王志刚趁这机会就溜开了。李侃然也跟着走过来，看是怎么一回事。但他忽然想起："怎么赵世荣还没有来呢？"他射出眼光向几个圈子搜寻着，才发现他站在那圈曾老先生的肩旁，那被阳光照亮的油黑脸仰着，在问着曾老先生：

"那个时候的时候，那又咋个咧？"

王志刚忽然转了弯，跑到赵世荣身边来了，很感兴趣地把曾老先生望着。

那光秃发亮的脑顶周围的头发，那稀疏的眉毛，那垂到颔下的三寸胡须，全是灰白的，说明曾老先生的老；但他那穿着蓝布长袍，白鹤似的高高耸立着的身段，那多皱的但是红润的脸面，那眼角含着微笑的鱼尾，却表现出他非常硬朗，是一位元气旺盛的老翁。他嘴上含着一根三尺长的湘妃竹的叶子烟杆，偏了头听完赵世荣的问话之后，眼睛都笑得弯了下来。他很响声地唾出两口烟子之后，笑道：

"就为，那争铁路哈，那时候儿，你们，还没有，出世咧！满清，硬把我们，汉人，整伤心了！……"

接着他把胸脯挺了一挺，就同往常一样，又自豪地叙述他过去值得纪念的历史。围绕着的一圈人都高兴地静静地把他盯住。

"二十几年前么。"他又是这样开了头。众人都立刻记起他所要说的历史，就是：二十几年前，他才三十几岁，就怀抱着"光复旧物，重见汉官仪"的理想，参加了"杀鞑子"的革命活动，曾经买了一对铜锤一对铁锏在家里练习武艺，一面抄录些孤愤的野史。但辛亥革命过后，却不见大家穿大袖蟒袍，而洋短装却时兴起来了，他感到有些失望，对于洋东西发生了反感。到了十几年前，已成了有名的绅士。但要拆房子修马路了，这自然是洋东西，而且他自己的房子大门一段就要拆去大半，立刻使他非常气愤，觉得民国越来越不像样了，于是同许多老先生一起站出来反对，但是大门还是拆去大半了。他非常痛心，因此他对那两年后的革命军北伐都发生反感。

"但是，'九一八'那年，"他把烟杆子向东方一指，继续道，"日本鬼子，杀到东三省，我们，汉人，又受欺负了！满清，整我们，汉人，我还，记得的。我对，民国，这才，爱起来了！……"

他一句话总是分成几段说，那么慢吞吞的，但人们还是很感兴趣地把他盯住，看见他的动作有时还带着几分孩子气，不禁要发出一阵敬爱的笑声，形成一团快活的空气。

至于那边的一圈，李侃然插进去时，众人都已经笑过了。

"不说别的，单看他那一张名片就要笑死人！"站在李侃然斜对面的，一位甲字脸，架黑边眼镜，八字须的长衫人物说，"你看他那名片前面挂了两道衔，背面却挂了七道咧，什么学士，什么专家，全挂上了！哈哈！"

于是众人又都笑了。但忽然一斩齐地停止了笑，车转头去对着一个方向。那穿青色西装的一位，向大门口指着道：

"哈，正在说曹操，曹操就到！幸而我们没有说你的坏话呢！"

在门口出现的，正是吴大雄。那矮胖的身材仿佛不倒翁，一滚似的就到阳光下的圈子来了。一手脱下博士帽，一手伸出来，跟青色西装的握手，一面向着众人打着生硬的北方话道：

"哈！对不住！对不住！我因为到一个地方儿取（去）来！"接着就绕着圈子走了一圈，一个个地握手。

"该罚你！"青色西装的指着他说，"你差不多迟到一个钟头了！"

吴大雄戴上博士帽，理理西装领子，摸出烟盒来，说道：

"笑话笑话！其实到得早，要数我第一个咧；实在说来，我比你成德兄到得早！你不信，吻吻（问问）李兄看！"他就拿一根纸烟把李侃然一指。

李侃然忍不住笑了：

“他的确在我之前到过一下的咧！不过他又走了！”

那位成德兄哈哈大笑了：

“那算什么呢？我昨天就来过一回，那该算比你更早了！”

“你到哪里去来哈？”另一个穿长袍的问。

“我取（去）为我们这抗敌会活董（动）活董（动）。”他把纸烟插在嘴上划燃一根火柴，一面呷燃，一面说。把火柴丢了之后又用手指弹一弹笔直的西装裤，然后把纸烟夹在手指上，离得身体远远的，吐出一口烟云，“我是希望我们这灰（会）在立案的时候儿顺利点……”

“进行得好么？”又一位穿西装的问。

“欢（还）好！”他点一点头，顺着话儿溜出一口烟云，“在现在做工作，我以为各方面儿都应该取得联系才好，对不对？我们这抗敌会在发起的时候儿，我就主张应该广泛，对不对？所谓统一战线的工作，是应该包罗得非常之广大的，要无所不包，无所不容，这才人尽其才，工作才会有发展，对不对？”他带着一种非常得意的面容，拿着一点红火的纸烟，向周围指点着，到了那位成德兄的面前，加添道："郑兄！你说？”

郑成德把两手抱在胸前，嘲笑地：

“你说得对！可是冯斌他们要退出了！”

“什么？”吴大雄的纸烟掉在草地上了，他怔了一怔之后，就一面看着众人，一面弯腰下去捡起烟来，皱了眉头问："真的吗？”

“怎么不真？”另一个穿长袍的说，“怎么你的交际那么广都会没有听见？”

吴大雄把眉头皱得更紧，但随即笑着分辩道：

“我这两天头疼，在家里休息……”

“我昨天，前天在街上都碰见吴先生的！”这说话的声音发自李侃然的肩旁，一听就知道是王志刚，李侃然惊异地车转头来看，果然是他，但是不知道他在什么时候跑过来的。他说出之后，众人都哈哈大笑起来。

吴大雄心里感到非常的气愤，但是不慌不忙地抽着烟，等他们笑完了之后，才道：

"那是我出来……去看医生的……"随即涌起了报复的心情，把两手向前一摊：

"如何？我那天儿提出的多接洽各方面儿的人来参加后，才成立，不是很好吗？但是，当时没有人注意我的意见。现在弄到又（有）一些人要退出了！担心我们这抗敌会要糟糕！哈哈！要糟糕！"他从裤袋里摸出一张白手帕来，抖了两抖，蒙着鼻尖，呼的一声之后，就把帕子捏着在空中划来划去，继续说：

"的确，许多人都觉得在开始筹备的时候儿太不够了！连我在死（事）前都没有人来约过！"他愤慨地鼓了一下眼睛，"我都是那次开会的前一天儿才知道的！难道我们还对于救亡工作有妨碍吗？自然，我也知道大家有许多工作上的困难，但是救国的事儿不是儿戏的事儿，应该事前多找些人商量呀！"他指教完毕之后，就耸耸肩头，"我看这回事儿要糟糕！要糟糕！"

张振华忍耐不住了，伸手指着他说：

"我觉得你这意见是错误的！谁在把救亡工作当作儿戏？事实并不如你所说的那样！不是尽都发过帖子么？有什么糟糕？"

"这家伙当着众人的面指责我！"吴大雄愤愤地掠过这个念头。随即把纸烟一丢，昂起头来道：

"有什么不糟糕？大家都要退出了！你看吧！这是什么工作？"

"什么！'大家'？"张振华也偏着头用手指点着说，"哪里是'大家'？不过是少数几个人，你却那样地夸大！你这个说法是错误的！"

"要你才是错误的！你硬是不了解当前工作的重要性！"一不留心，吴大雄也忽然溜出一句土话来了。

周围的人们见他两个脸红筋胀的，都赶快说起来：

"算了算了！你们又何必？"

"大家都不过是在一点句子上的争执，何必？"

顿时那长条条的躺在草地上的黑影子们也零乱了。

李侃然在旁边非常着急，也赶快说道：

"其实这问题都不过是小枝节，你们两位不都是一致地为了救亡工作么？有意见顶好提到会议上去讨论，何必这样就争执起来呢？"

"但是他的意见是错误的！"张振华抢着说，"他还说'大家'咧！"

"你连别人的话都听不清楚么？"吴大雄说，"我们请大家评评看，是哪个的错误？"他就把眼光向周围扫了一圈，仿佛在向谁伸冤似的。

郑成德开始说话了，他上前两步，地上的黑影也跟着上前两步：

"我们平心静气地说起来，大雄兄那天的意见是对的，我那天就附了议，可是当时大家没有注意，实在是一件遗憾的事，这件事确是那天的主席要负点责任……"

"怎么要我负点责任？"张振华大声说，他的眼圈骨都发紫地更加突出，而凹下的眼睛则睁得大大的，"我虽是主席，但是众人的意见是那样我也没有办法！"

"不管三七二十一！"王志刚把手掌在空中一劈，仿佛要斩断一切意见似的说，"就我们这些人些[1]成立起来就是了！有啥子关系？"

吴大雄耸耸肩头立刻转身；郑成德一把将他拉住：

"你哪里去？"

"我回去了！"

---

[1] 这些人些：四川话，即"这些人"的意思。

郑成德悄声说：

"呃呃，你不能走！我们已经决定选你的！"

吴大雄迟疑了一下，但随即把嘴杆拢他耳边说：

"冯斌他们都不来，选出来也没有什么好！"

李侃然赶快抢出两步，喊道：

"喂，不走了，开会了！"

大多数人也都喊着：

"呃呃！大雄何必呢？大家有意见尽可提出来说，走，不是办法！大家都是为了救亡呀！"

李侃然见众人都是那么一致地主张着，立刻把他的惶惑打破了，而使他高兴的是，他看见那两圈的人都汇合成一股流，跑过来了，走在前面的就是那位手拿长叶子烟杆的，灰白长须的曾老先生。他那光秃而红润的脑顶与斜阳争着闪光，围绕半圈的灰白头发飘动着，淡眉下边的眼睛则灼灼发亮。他踏着自己的黑影走上前来，就动着胡子里的嘴唇笑问道：

"你们，究竟是，啥子，事哈？"

众人都立刻退潮般沉静了，严肃地但很感兴趣地把他望着，只见他那部三寸长的胡子被微风飘动着，那胡子尖端与太阳相遇，就闪着丝丝的光。

"没有什么，"李侃然仰起他那沉默的眼睛说，"不过他们两位有点小争执……"

曾老先生那精明且富有经验的眼睛向众人一扫，立刻就看出那所谓的两位是哪两位了。他于是把他那骨节嶙峋的手摇摆着，慢吞吞地说道：

"好了好了，有啥子，小意见！都是，为了国家，大家，只要商量着做，就了咾！……"

吴大雄迎到曾老先生面前，做着微微鞠躬的姿势，微笑地又开始了他的"北方话"：

"我们没又（有）笋（什）么。不过是振华兄他完全误解了我的意见，他就争执起来了！"他说着，不断用眼光扫着周围人们的脸，表示出自己非常地宽大。

"笑话！"张振华冲上前来，"是我误解了你的意见么！你将才……"

吴大雄一个劲儿地微笑着，不断地向曾老先生递眼色，好像在说："你们看吧，究竟是谁无理？这不是明明白白吗？"

曾老先生皱一皱眉头，喉管里响着痰声说道：

"好了吧，大家，都是，中华民族的好儿女。闹意见，总是，不大好！我还是，讲我的，老古话吧，辛亥反正，那年，我们那儿，办同志会，开头，大家也是，常常，闹意见，后来满清，把我们的人，捉去，杀了好些，大家才，觉得闹意见，错了！后来才把，满清推倒！现在，我们又来，抗日，大家团结，才是要紧！"

立刻几十个人都鼓掌了，有一个笑道：

"老先生又给我们讲革命历史了！"

曾老先生也高兴起来，用手抹着胡须笑道：

"真的，我，老了！辛亥，那年么，我也是，同你们一样，跳跳蹦蹦的！"

"好呵！"众人又全都鼓掌了。

"我们的老革命家呵！"

"我，老了！可是我，还没有，成老顽固。老革命，倒不是的。"他笑着，眼睛都弯了下来，微微起着潮润。伸出来的那多骨的手指也颤抖着，显出他是如何的感动。"我哪，十年前，也都糊涂过，一下子。可是现在，我啥子，都明白咾！老革命，倒不是的。我嗬，是不能做事的，不过嗬，你们要我来，我总来。为啥子？因为我们中国，又危险咾！我们，不能，又做人家的奴隶！有人还说，'老先生！你不要去，给他们，利用呵！'我对他这话，真气。我说，他们是，救国的！我愿意，给他们，利用去……"他说到末尾，就把眼睛一睖[1]。

立刻众人都感动地笑了。笑声响成河流一般，形成一团融和的空气。李侃然受着很大的震撼，眼眶都热辣辣的，仿佛有泪水要冲出来。他想到在此刻应该要特别冷静，来把握着这场合的空气。于是在人丛中观察着吴大雄跟张振华的脸色；吴大雄是靠着曾老先生的右肩下站着的，那圆胖的脸上表现着得意的神气；张振华则在隔得稍远的人缝中，把两手在胸前抱着，带着一种冷淡的眼色；而王志刚则在望着曾老先生，发出快乐的微笑，还蹦了一跳；只有孙诚拉着赵世荣在人丛的后面，也笑着，但好像竭力把他们自己放在不大惹人注意的渺小地位……他高兴地想：

"总之，在这众人的热烈情绪之下，他两个的争端总算给压倒了！"

于是望着那鹤立在群众中的曾老先生的长髯，高高地举起手来喊道：

"请开会了！"

九

人们把曾老先生簇拥在前面，进了会场，各自坐定了座位之后，人丛中发出一声提议：

"推曾老先生做主席！"

---

[1] 睖：睁大眼睛注视，表示不太满意。

曾老先生站起来，用手摸着胡须，慢吞吞地说道：

"我，不能！我的精神，不济。还是前回的，那位，主席，好了。"

但全场七嘴八舌地喊起来了：

"就是老先生好了！"

"就老先生主席，郑重些！"

"我们要老前辈来给我们做主席！"

"请老先生就位呵！"

李侃然拍起掌来，全体也都拍起来了，如放密集的火炮一般，震动了天花板下的全部空气。坐在曾老先生旁边的一个北方汉子，是一个方脸大耳的人物，他的手老是向曾老先生拍着，最后他站起来伸出两手，好像要去搀扶似的，曾老先生只得走上台去了，站在摆了一瓶花的桌子后面，他那灰白的头发，淡眉，长髯，那红润发亮的脑顶，那灼灼的眼睛，使全场里坐了五六排桌子的众人起了很大的感动，微风从门口到窗洞，飘荡在人们的头上，每个的脸孔都表现得非常肃然。壁上交叉起的党国旗也微微波动着，映在每个人的眼里更是非常地庄严。

今天这主席的变更，是张振华所不曾预料的。对于曾老先生来做主席，他觉得：也合适。

"他总算是我的老前辈！"他想，"除了我，也只有他合适，虽然也只能从年龄上说……"

他这么自宽自解着，但心里总是有些不舒服，觉得今天全会场里的人们对他已好像不如从前。有点把他抛开似的样子了。他的胸部就收紧起来，感到气闷。他掉头望望会场里人们的面部，只见那些人都光望着主席，只有坐在前排那头的吴大雄带着满意的笑容，不时跟郑成德交头接耳。

站在主席台旁的司仪喊声"全体肃立"，全场稍稍有点杂乱，随即也就静下来。唱歌开始了，起头有的高，有的低，有的长，有的短，形成一片噪音，唱到"以建民国，以进大同"，歌声才渐渐趋于一致。到了司仪喊道"静默！为前线阵亡将士和遇难同胞志哀"的时候，仿佛一瓶墨汁倒进水里，立刻浸润开来，每个面部都染上沉痛而严肃的色彩，都静静地垂下头来。上海，南京，安徽，江西，湖北，福建，广东，河北，河南，山西，东四省[1]……一个个在敌人铁蹄下蹂躏的地名，在这个或那个的脑子里出现。将士们，在弥天的烟火中，在战壕边，在铁丝网前，英勇地浴血抗战，同胞们，男的，女的，老的，小的，贫的，富的，在敌人破坏的残迹下，断垣焦壁间狂奔，凶恶的敌人把钢刀砍在他们的颈子上，飞机，炸弹，毒瓦斯，轰轰轰！血！……这血的图画，在李侃然的眼睛里，也在曾老先生，孙诚，王志刚，赵世荣跟一切人，尤其是那位北方人的眼睛里闪烁着。

"是的！在这样的情形之下，才把我们全体的意志，感情，统一起来了！"李侃然兴奋地想，才觉得自己在这之前，无论对张振华或吴大雄总是那么有点摇摆不定，是可笑的，现在才真正看见了所谓统一战线的光辉，而且具体地把握住了。

吴大雄则皱起眉毛，就那么垂着头地，悄悄看了看自己的手表，焦躁地想道：

"唉，该完了吧？该完了吧？……"

好容易听见司仪喊声"静默毕"，他才松出一口气来：

"唉，好长的时间哈！"

仪式终于照着程序举行完了。大家坐了下去，司仪便喊道：

"哪个记录？"

王志刚掉过头去，向赵世荣挤挤眼睛，玩笑地喊道：

---

[1] 东四省：中国东北地区的辽宁、吉林、黑龙江三省及旧热河省，抗日战争以前，也合称东四省。

"赵世荣！还是赵世荣！"

有好几个人同时笑了。

赵世荣站了起来，那蛋圆形的油黑脸起了红云，喃喃地动着嘴唇道：

"我……我……"

好几个人又笑出声了，并且鼓起掌来。

孙诚立刻站起来说道：

"我知道赵世荣的事情太多了！我以为，另外举……"

赵世荣困惑地，但表现着不高兴的眼色，但也只得说道：

"我……我的时候，我很忙……"

众人又噗哧地笑了，又鼓起掌来，压倒了孙诚说话的声音。孙诚决定等大家鼓掌完了时，另提出一个名字来，然而在这啪啪声里，却看见赵世荣已拿起记录簿，走上主席台旁边的一张桌子去，而且忍不住笑似的叹一口气：

"唉，又是我！"

主席把两手支撑在桌沿，动着被瓶花遮着的长髯，报告开会理由了。吴大雄又把嘴杵拢郑成德的耳边说着。王志刚鼓起一对大眼睛远远盯住他们。

"你说不是一样么？"郑成德微笑地说。

主席报告完了的时候，吴大雄又推推他的手肘，郑成德只得站起来了。

"主席！在未讨论简章之前，我要提出关系本会前途很重大的意见。"

张振华立刻耸起突出的发亮的眼圈骨，非常注意地把郑成德的嘴巴望着，只听他说道：

"今天我们虽是开了成立会，但是为了本会的健全发展，我觉得还是应该把那天吴大雄先生的提案再提出来……"

"这一定又是吴大雄的把戏！"张振华想，接着站起来说：

"主席！请主席注意！我们应该依照开会的程序来！有什么提案，请留到后面……"

"主席！我的话还没有说完！"郑成德看了张振华一眼，两人的眼光忽然起了敌对的色彩。

全会场的人都不安起来了，发出窃窃私语声。王志刚大声喊道：

"请维持会场的秩序！"

张振华青着脸坐下去了，郑成德则红着脸坐下去了，但吴大雄却站了起来，用手理理西装领子，便把一手弯弯地横在胸前，说道：

"主席！我以为郑成德先生的意见是中（重）要的，请主席先提出来讨论！"说完了之后，就昂然地坐下了，架着两腿，小腿子摇荡着。

王志刚将将要站起来，李侃然就拉他一把，悄声说：

"我们等主席说吧！"

曾老先生被面前几个人突如其来的讲话困扰着了，他不知道要怎样才好似的，手不停地把胡须抹上又抹下，让全场静静的眼珠把他盯住，好一候儿，才慢慢地嘻开嘴说道：

"好吧！讨论吧！"

"哼！这是什么主席！"张振华愤愤地想，"连主席都当不来！"

吴大雄已站起来了：

"主席！我希望我们今天的这灰（会）议，只成为扩大的筹备灰（会）。我们应该再多邀请各方面儿的人，譬如今天没有到会的人，来参加后，才成立！"

张振华等他坐下去，很快站了起来，把头偏着说道：

"主席！我反对这意见！我们不是已经行了礼，宣布成立了吗？哪里有再来一次成立会的道理？"

有好几个人笑出声来了。张振华立刻很高兴，觉得自己很巧妙地反驳，得到众人的拥护了，便更加快意地说了起来，右手在空中指点着：

"开成立会，并不是玩玩的！我们在北平，天津，任何地方都没有看见过！"

笑声又起来了，但这回的笑，倒是因为他又提到"北平"的缘故。郑成德以为是在笑他，便红着脸站起来，转脸向着会场说道：

"这有什么好笑的？难道我的提案有哪点不对？"

会场里立刻就在他的吼声中静了下去。吴大雄心里感到很高兴。觉得他完全同自己站在一起来了，便敲敲他的腿子道：

"你说嘛！你说嘛！"

郑成德这才扭转身来向着主席台，说了起来，他把将才吴大雄的话重复了一遍之后，加添：

"我们要知道，我们应该顾到我们这后方的环境，不能马马虎虎！我们要知道像冯斌他们是有相当地位的人物，对于本会前途的影响是很大的！要不然，我们担心本会就是成立起来，恐怕也无济于事！说不定，我担心今天在座的人将来也不会到得齐吧？"

他将将坐下去，张振华就站起来，脸望着郑成德：

"请问，在座的人，谁在说要退出？我觉得郑先生这种带有煽动性的词句是不对的！"他心里一面想：

"他们是两个人说话，而我只是一个人！但是该有起来赞同我的吧？……"

但并没有什么人站起来。他想着王志刚，但也不见王志刚站起来，他立刻觉得自己很孤独，心里非常地不舒服，于是愤愤地想：

"就是我一个人，还是要单枪匹马战斗下去的！"

郑成德一下子站起来，脸望着主席：

"主席！我并没有煽动！也没有说谁要退出！我不过是说恐怕会有那样的现象发生！"

张振华一动，将将抬起身子，但第三排的一个穿长袍的抢着站起来了：

"请大家伙把私人意气放下好不好？"

众人一惊，旋风似的都车转头去，见是那一个北方汉子，方脸，大耳，有着八字胡的人物。只见他挥动着一只手，用沉痛的语调说道：

"今天，我是第一次来参加。我还记得我们刚才还默过，想来大家伙也曾经想起我们的国土是如何在敌人的铁蹄下被践踏吧！我们的同胞是如何被敌人奸淫烧杀吧！我们的前线的将士是如何地在同敌人拼命吧！今天我在街上还看见许多人踊跃地欢送抗日将士出征，他们是为了什么，想来大家该记得吧！我，是北方人，我的家乡是已经沦陷在敌人的兽蹄下了！我们辗转地流亡到这后方来！希望在这后方和大家伙一同努力起来工作，唤醒民众，起来打倒敌人！"

全场立刻鼓掌了，如雷一般震响屋顶。李侃然非常兴奋，紧紧盯住他，希望他说得更痛快，掌声停了之后，见他又说起来了：

"但是，今天这情形，却不能不令人感到失望！原来我们这后方竟是这样的么？大家伙不要以为敌人不会打到后方来，大家伙可以舒舒服服坐在这儿作个人的争执！如果这样下去，我们中国就只有完了！"

全场又热烈地鼓掌了。那人又拍拍胸膛，两眼闪着泪光说下去：

"我是北方人！我们的家乡沦陷了！我们惭愧的是当时干嘛不起来好好做点救国工作！到现在真正看见了敌人的刀锋才明白，只有大家精诚团结一致，才成的！现在我们家乡的人们就已经在这样，真正无分彼此地在和敌人战斗！各国人都来帮助我们！真的，大家再闹私见，只有灭亡！我是北方人，说话是干脆的，大家伙高兴不高兴听便！"他深深地吞一口气，莽撞地，腰杆把背后的桌子撞了一下坐下去。

全场又来一阵大鼓掌，啪啪啪地几乎达一分钟之久。李侃然趁这时机站起来，他那沉默的眼睛大张着。

"主席！"他喊道，"我完全对将才这位先生的意见发生同感！大家如此热烈地鼓掌，当然是表示对这位先生的意见同感的！因此我提议，将才几位先生的意见暂不讨论！"

"附议！"前面说。

"附议！"后面说。

立刻，前后左右都喊起"附议""附议"来了。

曾老先生刚才在你争我抢说话的情形之下，完全呆住了。他一下看着这个说话的面孔，一下又看着那个说话的面孔，淡眉高耸，额纹皱起，眼色都失了光彩。到这时，他才伸出战颤的手掌来，在空中抓了一把，很吃力地痛苦地说道：

"大家，别再争了吧！这主席，我不当！"

全场立刻坟山一般静，可以听见屋顶上掠过第一批归林的乱鸦，哇哇哇地叫了过去。草虫开始唱的晚歌声，也清楚地传进来了。这坟山似的会场只静了片刻，随即爆发火花来了：

"主席！没有人争了！"

"主席！谁也不再争的！"

"谁再争，那简直是没有心肝！"

那火花此起彼落地投射着，投进曾老先生的心里，也投进会场每个人的心里，火花连缀起来了，扩大起来了，燃烧起来了，全体都兴奋着但又沉默着，仿佛觉得大家真的也不再争论，真的应该团结，而且也确是团结了。只有郑成德的脸通红着，就把帽子拿起，吴大雄立刻拦住他，悄声说：

"你此刻不好走！因为不大好！"

接着就是通过简章，选举，都顺利地进行了。开票的时候，大家都看见赵世荣在记录位上显得非常紧张，时时望着在黑板上写出的名字，油黑脸上也跟着起了各种变化。至于吴大雄和郑成德则一直都不讲话，只是带着讽刺的笑容望着天花板。张振华也不说话，把两手抱在胸前，表示着非常冷淡的态度。

将将一宣布散会，吴大雄首先站起来就走，经过李侃然的面前，李侃然赶快站起伸手拦住他道：

"你是被选出的执委之一，请稍等一等，大家商量一下下次的会期吧！"

吴大雄用手理理西装领子，笑道：

"我还有点儿要紧事儿，偏劳你老兄好啦？"一鞠躬，转身就走。

李侃然迫上一步，但这候儿人们已在他面前拥起来了，都向着会场门出去，以致把他们两个隔断了。他正在迟疑着要不要追上去的时候，张振华已出现在他眼前。他立刻伸手拉着他：

"怎么，你也走了么？你也是被选出的执委之一哈，我们是应该跟着进行一度会议的。"

张振华望着他，眯细着凹下的眼睛，愤愤地：

"唉，你该看见今天吴大雄他们的情形了吧！哼，那真是天晓得！他们还要跟我争辩！我敢斗胆说一句，他们连《民权初步》恐怕都没有看过！"他说到这里，就把头偏着，伸出右手指在桌上橐橐敲着，"哼，还摆起救亡专家似的面孔咧！（橐橐）那简直是故意捣鬼！（橐橐）说起来，从前我们在北平的时候（橐橐橐）……"

李侃然听见他这一套又来了，立刻皱起眉头。那个北方汉子正走到面前，听见"北平"两个字，顿时引起他的注意，以为是在议论他将才在会议上说的话，便站着，叹一口气道：

"唉，北平真是惨啦！我从城里边儿逃出来的时候，是化装的，几乎给日本鬼子检查出来！但是好几位给查出是知识分子，就抓去啦！你先生是到过北平的吧，说起来，真是痛心得很！"

张振华惊愕地望了他一望，车身就走。李侃然喊着他：

"呃，执委会，不商量一下么？"

张振华并没有回头，在人流中挤着出去了。

李侃然回转身来时，主席台前已只剩下孙诚他们八九个人在那儿，倒全都是被选出的执委，他们也正在喊他。只有王志刚一个人还坐在原位，两个肘拐撑在桌上，两只手掌捧着下巴，脸色发青，眼睛望着桌子出神。他就转身走到他的面前，拍拍他的肩头道：

"老王！怎么样？身子不舒服么？"

王志刚长长地叹一口气，睁着一对大大的眼睛望着他，一候儿他把两手一拍，愤愤说道：

"算了！我还是决定到前线去了！"

李侃然沉默着，手掌在他肩上停住，仿佛生怕惊了他似的，但眼睛却一闪闪地，把他的整个身体跟他的灵魂全部吸入脑子里，在把他考量着。

"这硬是太使人失望了！这后方的工作！"王志刚把两手垂下去，喃喃着，"张振华说的硬是不错的！我看见了封建的人物在开倒车！"

李侃然的眉头皱着，以一种对小弟弟的怜惜心情看着他。

"那样的一个跳动的角色，此刻竟忽然变得如此颓唐了！"他这么想着，对于这种脆弱的灵魂引起了一种憎恶之感，然而对于眼面前的这穿着飞行师的短装的紧扎身材，这富有精力的饱满的圆脸，总又觉得是可爱的。于是拉起他的一只手来，笑道：

"志刚好了吧，来，我们来开执委会……"

"嗯，我担心……"王志刚叹一口气说，但忽然感到他的话了："执委会？没有我呵！"

"呵呵，我忘记了！"李侃然才恍然地笑说了，"好吧，我看你的脸色不好得很，也许你今天从早晨跳到这时候太累了，还是回去好好休息吧！"

孙诚走过来喊他，他点点头道：

"好。我就来吧！"随即他看见王志刚站起来了，向着门外走去。

天色已经渐渐暗下来了，收了西边天角上最后的一抹暗红的霞彩，换上深灰色的镶着黑边子的崖洞似的云朵，一大群乌鸦网一般盖过头顶，在老树顶巅旋绕着；草地上已起了一层轻纱似的暮霭，点缀着黄昏，把黄昏加深加浓。蟋蟀们却好像表示这是它们的世界似的，狂欢地叫着。王志刚出了门口，进入暮霭中，那垂着的肩膀，好像一个阴影移动着。

"他恐怕受张振华的影响太深了吧？"李侃然想，一种想从他那可爱的火热的青年体内洗清他那种错误观念的欲望有力地抓住他，他于是跟着追出来了，走到王志刚旁边，肩并肩地走了几步。枯草在他们的脚底呻吟着，蚊虫们嗡嗡地闹着黄昏，一个正唱得高兴的草虫，戛然地噤了口，从他们的脚边弹了开去。他清楚地听见王志刚那粗大的鼻息，终于开始了：

"志刚！你将才说，张振华的话是不错的，是什么意思？"

"我想约着他一路，"王志刚还在想着什么似的答非所问地说，"他也想走咧！"

"着了！"李侃然如有所获地想，随即抚着他的肩头道：

"他也想走么？不过这也倒是必然的。我看他是把一切都看得太黑暗。你顶好留心点……"

王志刚觉得伤了他的自尊心，忽然站住，车过头来：

"我留心过了！你看我们这后方哪点不是黑暗？"

"我以为……"李侃然微笑地，仍然保持着平和的口气，"我的意思是，像张振华他是看得太偏，并且把那一面的东西夸张得太大，这原因，我想大概是因为他在过去吃监狱的苦头时，只去看残酷的一面……"

王志刚不服气地：

"他看得太偏？可是你，其实你倒看得偏。"

李侃然寂寞地笑一笑，为了想竭力说服他，就避开正面的解释，说道：

"志刚，你忘了今天那送出去的军队么？你忘了那些去送的群众么？你忘了今天我们这会场热烈的情绪么？所争者也不过是少数人。单看一面是危险的，况且我们今天是全民族的抗战，全国上下早已经团结起来，虽然有些不好的现象，但那只是巨大潮流中的一些旋涡，我们不必把它想象得太可怕，而且有些现象还只能说是落后……而且国际的形势对于我——你往常不是常常说起英美法苏的帮助，使我们的团结抗战更促进么？"

这给他眼前画出来的光辉的一面，王志刚在心里也承认，但嘴上却道：

"我知道！可是我看见的是阴险，鬼鬼祟祟，故意捣乱……"

"可是你这看法是太片面的！"李侃然说，但立刻他很后悔说出这句话了。

"可是你的看法也是太片面的！"王志刚强硬回答。

他这样的回答，好像是必然的一样，李侃然倒也很坦然，但心里总觉得他那种太固执己见的顽强意志，对自己好像是一种重压，于是也就沉默了。就在这时候，忽然发现王志刚的身旁出现了一个蛋圆的油黑脸，眼光灼灼地。一看，正是赵世荣，赵世荣的脸上也现着不高兴的模样，嘟起嘴。在模糊的暗光中，仿佛一截烧焦的呆木头似的，忽然说话了：

"老王，你的时候，不高兴么？真的的时候，我也是不高兴的！你看嘛，你我的时候，累得一身大汗的时候，风头都给他们出够了。"他把嘴闭紧成一条线，鼻翼翕动着，随即加添道："为啥子的时候，我们在选举的时候，我们这一批人里头的时候，不选出一两个人来？"

王志刚掉过头去，诧异地看着他，随即冷冷地说道：

"我倒不是你说的那种不高兴！可是你那是啥子意思？"

"啥子意思？"赵世荣把一个拳头在空中一挥，愤慨地说，"我们的时候，在这城里头的时候，工作了多久来的！好容易的时候，弄出一个基础来，他们那些从外边一回来的时候，就给他们把风头出去了！"

李侃然打了一个寒噤，一股冰流从脊梁通过了他的全身。他觉得，没有想到，在青年救亡者中竟还有这种思想的人物！然而因此也就觉得王志刚倒是可爱的了。

"是的，在今后的救亡工作中，还有许多困难的！虽然这些只是少数的现象，但还要拿出更大的耐心来做！"他想。

忽然，背后有人喊他了：

"喂，侃然，大家在等着你咧！天快黑了！"

他车转头去，见是站在会场门外阶沿上的孙诚，在暮霭中，那戴着眼镜的尖脸上，仿佛飞舞着密密的黑絮似的夜气。他这才恍然于自己竟耽误了别人的许多时间了，心里感到一点惭愧，就离开王志刚他们转身了。

孙诚扶一扶眼镜笑道：

"他又怎么样啦？那王志刚？"

李侃然用手挥开那成团地围绕在他脸前嗡嗡叫着的蚊阵，踏上阶沿，笑了一笑：

"他么？他是——"他想了想，还是不说出来的好，便随口加添道，"我看他今天恐怕是太累了！"

孙诚笑了，知道他瞒了他。

"唔，我晓得他的，他哪里会知道累！他就是那样罗曼蒂克的！这是他的脾气，过两天又会好的！不过我看你倒也太仔细了！"

"是的，我觉得他是还好。只是那赵世荣我看他——"

"他么？"孙诚又笑了，"我晓得他今天不舒服，因为没有选他！他这人是也很能工作的，可是要洗清他的脑髓还要费点力咧！走吧，里边几个执委都在等着你……"

李侃然望着孙诚那种坦然而朴实的态度，评论人物又是那么精确，立刻使他记起今天在救亡室所见的他，心里感到很大的愉快，于是热烈地抓着他的肩头道：

"呵，对不住，对不住！好，我们进去开始起来吧！关于如何使统一战线的工作真正开展，那是应该要……呵呵，月亮已经出来了！"

掉头一望，那圆镜一般的白月已在那深蓝色天鹅绒似的高空出现了，把清冷的光辉洒了半个草地，像铺了一张纸，青幽幽的，那怪物似的老树，伸展着它的枝桠跟稀疏的叶子，在草地上组成网状图案的黑影。李侃然同孙诚的脚边也现出两条斜头的黑影，是那么亲密地挤在一起的，他两个一进门，影子也就消失了。但月亮把它的光窥着纸窗，仿佛是在替他们弥补那没有灯光的缺憾……

一九三八年十二月十一日改稿

一九三九年二月一日完成

1940 年 7 月由商务印书馆（长沙）初版列入大时代文艺丛书

署名：周文

雪　地

一

　　这是一个西康的大雪山，这里的人都叫着折多山的。

　　雪，白得怕人，银漾漾地，大块大块的山，被那厚的雪堆满了，像堆满洋灰面一样。雪山是那样光秃秃的，连一根草，一株树都看不见。你周围一望，那些大块的山都静静地望着你，全是白的，不由你不嘘一口气。你站在这山的当中，就好像落在雪坑里。山高高地耸着，天都小些了。其实你无论如何也看不见天。你看那飞去飞来的白雾，像火烧房子时候的白烟一样，很浓厚地，把你盖着。所以你只能看得见你同路的前一个人和后一个人，在离你一丈远走着的人，只能很模糊地看见，好像荡着一个鬼影，一丈远以外的，就只能听见他们走路的声音了。山是翻过一重又一重，老看不见一点绿色或黄色的东西，阴湿的白雾把你室闷着；银漾漾的白雪反射着刺人的光线，刺得你眼睛昏昏地有点微痛，但是你还得勉强挣扎着眼睛皮，当心着掉在十几丈深的雪坑里去。

在这个一望无涯的白色当中走，大家都静悄悄地，一个挨一个地走。因为是太冷了，太白得怕人了，空气太薄了，走两步就喘不过气来。那裹着厚毡子裹腿的足，一步一步很小心地踏下去，这一踏下去，起码就踹进雪里两尺深，雪就齐斩斩地吞完你的大腿，就好像农人做冬水田两只足都陷在泥水里，你得很吃力地站稳右足，把左足抬起来踏向前一步的雪堆里，左足小心地站稳了，再照样地提出右足来，又楚楚楚地踏下前一步的雪堆里去。

无论你是怎样强壮的人，照规矩你是不敢连走六七步的；要那样，就会马上晕死在这雪山上。他们照着规矩走三步息一口气。抬起头望望那模糊的白雪和白雾，心里就微痛地打一个寒噤。他们那毡子裹腿，是和内地的军队用的布裹腿两样。那是西康土人用没有制炼过的羊毛织成，像厚呢一样。他们虽是裹着很厚的毡子，但是走了一些时候就已经湿透了。从大腿到足趾简直冰冷的，足板失去了知觉，冻木了；但是有时也感觉着足趾辣刺刺的痛。粗草鞋被雪凝结着，差不多变成了冰鞋，缩得紧紧地，勒着足板怪不受用；想解松一下，但是在雪地里又站不稳，只好将就吧，咬着牙起劲再走。

他们身上穿的军服，也是白毡子做的，已经黑了，还臭。身上是驮满的枪支，子弹，军毯……七七八八的东西，东西可算不少，但还是冷得要命，不过并不打抖，冻木了。手指冻得不能抬起来抹胡子。手像生姜样。其实在这雪山上走怎么也不能抹胡子；因为胡子被呼出来的气凝结成冰了，你一抹，胡子就会和嘴皮分家。张占标那老家伙的胡子，就是那样不当心抹掉的，好笑人[1]。

---

[1] 好笑人：方言。让人发笑。

在走来累得喘不过气来的时候，也要出一点汗；汗出来粘着军服，马上就在军服上变成了冰。出一次汗，心里会紧一下，肚子里就像乌烟瘴似的怪不舒服，像是饿，又不大想吃。连着翻了四天这折多山，总是那样又饿，又不想吃，满满的一袋糌粑[1]面，并没有减少多少。不过要走路，也得勉强吃点，填填肚子。

有二十来个弟兄的手指是已经被雪抹脱了的——他们不知道冻木的身体，应该睡在军毯里让它慢慢地回复了活气；他们才一歇足，就把手去烤火，第二天手就黑了，干了，齐斩斩的十个指头就和自己脱离关系。现在他们不能再拿枪，不能再捏糌粑给自己吃了——这都是他们为国戍边的成绩。在这调回关内换防的路上，只能把枪背在背上，不能拿枪，就做背枪的动作，一个人五支，嗨呀嗨地踹着雪堆走。

本来他们是整整的一营，在上半年开出关去防藏番的。在出关的路上就冻死他妈的两排人在山上；另外有一排人被雪连足趾都抹脱了的，成了废人了。本来向钱上打算一下，一个月仅仅能领得几角钱的零用，早就想"足板上擦油"，溜他妈的；但是不行。像这大山，雪山重重包围的西康，溜是溜不了的，十个总有十一个捉回来，起码请你吃把个外国汤圆。他们这大半营想逃的人，一想到外国汤圆，又只好硬着头皮开出关。在甘孜县住不上几个月，藏民就打起来。抵抗了几个月后，连这二十来个没有指头的弟兄算在内，仅仅只剩五六十个人了；不过营长还是一个，连长还是三个；排长虽也只有两个了，却另外增加了两个营长的蛮太太。

现在他们是奉命换防回来了，大家都觉得好像逃出了鬼门关似的。他们虽是也想起那雪坑里冻死的弟兄，枪弹下脑浆迸裂的弟兄；但是

---

[1] 糌粑：是"炒面"的藏语译音。将青稞洗净、晾干炒熟后磨成粉。食用时用少量的酥油茶、奶渣、糖搅拌均匀并捏成面团即可。营养价值高、热量高、适合御寒。

想过也就算了，自己总算是活着回来了。

不过他们变多了，心里老是愤恨着一种什么东西，但是大家都不讲，老闷在心里。

李得胜的肚子饿了。但是他自己没有手指，不能捏糌粑喂自己嘴的。他肚子里非常地慌乱，就更加喘不过气来。他差不多要晕倒了。他叫住他前面的吴占鳌扶他一下。他们站着。吴占鳌开始帮他捏糌粑。

啪！啪！营长在马上抽下两马鞭来，而且骂着：

"他妈的！他妈的要掉队！他妈的掉队！"

他两个被鞭子打得呆了，痛苦地望望营长又走起来。

营长的确非常威严：皮帽子，皮军服，皮外套，坐在马上胖胖的，随便哪一个弟兄看见他都要怕；再加上他那副黄色的风镜把眼睛遮着，他究竟是在发怒，是在笑，看不出来，更可怕。不过大家都像不满意，前面走的更是有点好奇，于是就传说起来了：

"营长又打人了！"

"营长又打人了！"

"……"

像传命令一样，从后面一个一个地传达到前面。

营长于是喊道："不准闹！"

大家就静默了。一个挨一个地在白雾当中小心地走。只听见踹得雪楚楚楚地响，刺刀吊在许多屁股上啪呀啪地摆动着，中间也来着几匹马颈上的串铃声，丁丁丁地。就好像夜间偷营一样的，小心走着。

营长这次虽然还是皮帽子，皮军服，皮外套，而且还增加了两个蛮太太，而且也增加了四个"乌拉"[1]，马驮的真正云南鸦片烟；可是

---

[1] 乌拉：藏文的译音，牛马统称为乌拉。

他的心里也怀着一种怨恨：他怨恨自己不是旅长的嫡系（他是老边军系被宰割后收编来的），他怨恨旅长太刻薄了他。他想：

"他妈的，他的小舅子营长为什么不派出关来！一个月的军饷又要四折五折地扣！说什么防止英帝国主义的侵略，叫我的一营兵去死，他的小舅子坐在关内安安逸逸地享福！现在一营人给我死去两连多，旅长用这毒方法来消灭我！"

他在马上越想越愤恨。他悲痛他的实力丧失，他惧怕他的地位动摇，他就愤恨地抽了马一鞭子。

马在无意中挨了一皮鞭，痛得跳了，雪盐像大炮开花样从马的脚下飞射起来落在前面几个兵的颈脖上；马的头向前猛冲一下，在前面背着五支枪的夏得海被冲倒了。枪压着了他，他趴在雪堆上叫不出来，昏死了。因为雪太深，陷齐马的大腿，跳不动，所以营长还是安全地驮在马上。

营长勒着马，叫前面的几个兵把夏得海拉起来。

好半天了，夏得海才渐渐转过气来。营长叫他慢慢地在后面跟着，叫前面的几个兵一个人帮他背一支枪。

队伍又走起来了。

一些怨恨的声音又像传命令般从后面一个一个地传达到前面。

夏得海一个人在后面，痛苦地一步一步地爬着。冷汗不断地冒。足不像是自己的，爬不动。队伍已经掉得很远了。他愤恨，他心慌，眼泪大颗大颗地从眼角挤出来。他抬起冻木的手去揩眼泪，他又看见他那没有指头的手，秃杆杆的，像木棒。他更痛苦了。乱箭穿他的心。他仅仅把那木棒般的手背在眼角上滚了两下。

"老夏！来！我搀你走！"前面谁在喊。

他抬起头见是刘小二向他走来，心里好像宽松一些。于是两个人说起话来了：

"营长叫你来的么？"

"他妈的！他不要我来呢！咱们弟兄一营人，已经只剩他妈的五六十个了！死……我怕你一个人给老虎抬去，我要来陪你。他妈的营长不准我来。我给他妈的闹了。不是张排长帮我说话，他妈的还不要我来！……"

"他妈的！把老子撞昏死他妈的啦！"

"他娘的！咱们弟兄死的死，亡的亡。他们官长还是穿皮外套，讨蛮太太！克扣咱们的军饷去贩鸦片烟。打仗的时候，看见英国军官他们脸都骇青了，藏民冲锋来，他们躲他妈的在山后面。咱们弟兄，患难弟兄。老子现在不说，进关去才三下五除二地给他妈的算账！"

夏得海觉得问题的中心已经找着了，也说道：

"他妈的！算账！算账！……"

忽然后面不断地串铃响，响得非常讨厌。

"你们为什么要掉队！想逃？"是营副沙沙沙的声音。

他两个只是挽着慢慢走，不理，也不回头看。

渐渐地串铃声越响越多，已经到了面前。

营副向来就和连上的士兵非常隔膜，遇事只晓得摆臭架子。这两个兵今天公然不立正回答他说"报告营副"，这已是有伤他的尊严，何况又是当着书记长，军需长，司书们的面前丢他的面子。他也老实不客气地抽下一鞭子，骂道：

"你想逃，你……你……"

刘小二痛得愤火中烧。不知怎么，愤虽是愤，见着长官总是服服帖帖的。他那冻木的身体被鞭子抽得辣辣的痛，差不多痛闭了气。他陷在雪堆上，瞪着好半天才讷讷地说明他们掉队的原因。书记长们在马上笑了，其实并不好笑，不过好像他们在雪雾当中骑着马闷了半天，借事笑着好玩儿。

一会儿，营副们已经骑着马走向前去了。还有五个勤务兵也骑着马，押着几匹"乌拉"驮的辎重，紧跟在后面。渐渐地，那些人马离得很远，隐约地，在那纱一般的白雾中消失了。

"他娘的！他娘的！"

"狗子，这些混账王八蛋！咱们弟兄送死，他们升官发财！狗养的勤务兵也骑马。老子们一刀一枪地去拼命，拼命！……老子有田做，哪还当什么兵！他妈的！"

夏得海似乎要说出什么，但是又冷，又痛，又饿，肚里面空空洞洞的，又像乌烟瘴气的，嘴唇颤动一下，又闭着了。

两个对望了一下，心里都冲动着一种什么，只是不说出。

他们捱着又在雪里慢慢地颠起来。

白雾渐渐薄起来了。

太阳在山尖上射下来，对着雪反射出一股极强的光线，烧得擦满酥油的脸皮火烧火辣地怪疼。眼睛简直不敢睁大。

那几十个的一队已经慢慢地走了好远。

蛮太太骑着马在崖边上挤着了，几乎把陈占魁挤下崖去。陈占魁眼睛昏昏地向里边一挤，蛮太太在马上一滑，滑下马鞍来。她叫了。

营长叫连长们叫队伍停止前进。他骑着马走到蛮太太的身边。他狠狠地踢了陈占魁一足。

呵嗬！陈占魁就连人带枪，稀里哗啦地滚下崖，落在雪坑里去了！

因为雾子薄些了，大家都看得很清楚，哇呀哇呀哇地哄闹起来。

连长和排长的脸都白了，白得怕人。

大家都感着一种沉重的压迫，都在愤怒，说不出一句话，只是闹。

营长在马上手慌足乱了。通身在发战，他颤抖抖地拿出手枪来骂道：

"去他妈的，造反了！哪个敢再闹！军法……"

马旁边的李得胜忽然也跟着叫道：

"他妈的，营长！"

劈啪！营长打出一手枪，却并没打着谁。他愤怒地足一踢，李得胜又连人带枪，滚下崖，落在雪坑里去了。

"哇哇！"

"哇哇！"

"哇哇！"士兵们都叫起来了。

"不准造反！"李连长很威风地叫出一声。

陡然，这空气很薄的雪山，被这些声音的震动，立时阴云四合起来。太阳不见了。很浓的白雾又笼罩了下来，浓得伸手不见五指。密密麻麻的雪弹子往下落。人声在这阴黯中，在这雾罩中，渐渐地又静下去了。

雪弹子越落越厉害，大家的愤怒也到了极点。但是人总敌不过雪弹子的威袭，都被打得僵木了。没有办法，只好把军毯铺在雪地上，裹着身体睡了下去。长官们也都下了马睡着，静静地。

二

第二天早晨醒来，觉得身上压得重重的，好容易才从尺多深的雪堆下钻了出来。在雪堆下面埋着倒还暖和，刚刚一钻出雪堆，白雾便把你包围着，马上就冷得发抖。不过雪是早停止了，雾也不那样浓；但还是看不见山顶，看不见天。

肚子饿，还是那么乌烟瘴气样，还是不想吃。

腿子陷在雪堆里，像不是自己的。实在不想再走。

心头愤恨着，愤恨着。还是愤恨着：

"他奶奶的，当什么兵！"想叫出来，但是又没有叫出来。

听见前面有人踹得雪楚楚地响，接着是问话声：

"你是——"

"我是陈大全。"一个人答了。

接着便看见李连长模糊的面孔，对准着自己，问：

"你是——"

看见李连长那副卑鄙凶恶的面孔，早就令人恨不得打他两耳光。但是不知怎么自己又答出来了：

"我是杨方。"

连长又走到后面去了。杨方想，想提起这么一足，便把他踢下崖去，但是足冻木了，提不起来。

耳朵注意着听点后的一个名，听了半天，不见有声音。

连长在后面喊了：

"杨方！"

"有！"

"来！"连长说。

不知怎么，腿好像是连长的一样，连长一喊，自己僵木的腿也提动了。

连长指着一个雪堆说道：

"把吴癞头拉出来！"

杨方看了连长一眼，不说什么，便同王冈弯下腰去，用手把雪拨开，手被雪抹得痛，痛到心头。

呵嗬！吴癞头冻死他妈的了！嘴唇缩着，像笑死样。身体已经僵硬了。

连长叫把吴癞头的枪弹取下来，叫杨方背枪，叫王冈背弹。杨方的心里真是又悲痛，又愤怒，但是终于把枪背在身上。

连长又走到后面去了。

"他奶奶的，干掉他！"杨方说。

王冈对他笑了一下。

渐渐地，雾薄起来了。

前面一个一个地传着命令来：

"准备！出发！"

"准备！出发！"

一个一个地又传达到后面去了。

不想走，不想走，但是又不能不走。管他妈的，勉强哽哽噎噎地塞了些糌粑在肚子里去。脸上又糊上一层酥油。

他妈的，走吧！城里面算账去！

楚楚楚，楚楚楚，人又在雪堆里动起来。刺刀又在屁股上啪呀啪地摆动着。马铃声也响起来了。……

今天总算真的逃出了鬼门关。在太阳落山的时候，已经望见了打箭炉北关的栅子，接接连连的房子的烟囱，都在冒着烟。看见了瀑布般的水，看见了黄黄的山，看见了喇嘛，看见了商人……的确雪山是走完了。看见了街市，就好像回了家乡一样，心里也就宽松了一点，不由不嘘出一口闷气——嘘……

不知怎么，在要下山的时候，足虽是痛得要命，总是走得那么起劲；现在看见了栅子，倒反而拖不动，腿子真酸得要断。看见那没有雪的地面，简直想倒下去睡他妈的一觉再说。

几个兵在石头上坐了下来。口里吹着嗯哨，眼里望着那些田。张占标心里想：有田种多么好。

“坐着干什么！”连长骑马吼着来了。

“报告连长！我们休息一下。”

“胡说！”李连长吼着，恶狠狠地下了马，提着马鞭走了来。

几个兵并没有立正，坐着说：

“报告连长！足要断了！”

“他娘的！你，你，你，”连长的鞭子在兵们的背上抽着，“到此地还敢捣蛋！断了也要走！走！”连长把最后的一个“走”字吼得特别响。

愁苦着脸，大家望望又站了起来。腿子简直没有知觉了，还是要痛苦地拖着走。

看见了旅部，门口摆着一架机关枪，十几个兵在门外闲散地站着，望着这回来的一队。中间有几个是认识的。

“弟兄！辛苦辛苦！”认识的几个向他们打招呼。

夏得海望望他们，痛苦地伸出两只没有指头的手；其余的几个，也同样地伸出来晃了两下。夏得海苦笑道：

“弟兄！这就是出关的手！”

大家就对望着苦笑一下。

忽然对面几个武装的兵士，押着用绳子绑着的两个徒手兵过来了。

“逃兵！”谁叫了一下。

大家都望着那两个，像上屠场的猪样捥着过去了。

这时街上已经在关铺子了，但是很闹热：许多兵拉着一串一串的伕子在街上走。说是第三营准备后天开出关。大家都快感了一下，意思说，我们总算是活着进关来了。

因为一想到自己，更觉得拖不动，什么都不想，只想倒下去。

他们宿营的地点，是东关口的一个破庙里。营长，营副，书记长以及两个连长住在另外一个好地方。

一点名，又少三个，说是昨天在雪弹子下面冻死了。现在大家都没有心思来理这些。只想睡，横躺直躺地在神龛面前就呼噜呼噜地睡着了。

三

第三天，还没有吹起身号，就有一个人影子，鬼鬼祟祟的，在神龛面前，在人堆里跳过去，跳过来的，嘘嘘嘘地讲着话。

许多兵都迷迷糊糊地坐了起来。手指揉着眼睛，都像傻子似的望着那个人。有些在咳嗽，吐痰。

出了什么岔？

仔细听，仔细听。……

那个人在讲：

"旅长把营长扣留了！昨晚上。"

"是么？扣留了？"

睡着的也爬起来。足腿硬得像木棒，身上的骨头像挨了一顿毒打样，痛得要命。但是终于爬了起来。

大家围做一堆，黑压压地。头在攒动，嘴在议论：

"扣留了吗？我们的饷？"

"饷？营长不是说回来发？几个月一起。"

"旅长就是说他克扣兵饷呢！"

"我们报告旅长去！"

"他还有鸦片烟，四驮，四驮！"

有些人望着那大殿上的鸦片烟箱子发笑。

一大堆分成几小堆，谈着，讲着。

起身号吹过半天了，还不见吹点名号。连长和排长都慌张地进一头，出一头的，像忘了点名。

有几个兵跑到连长的窗子外边听。

"营长的事总算弄好了。"连长的声音。

"旅长不要他赔饷了么？"王排长的声音。

又是连长说：

"营长找参谋长说好，送旅长一驮鸦片烟。旅长要营长今天就走，免得士兵为难他。"

"那，这些士兵怎么对付？"王连副又问了。

"今天马上改编。哪个捣蛋就枪毙哪个。"连长这么答，故意把声音放响一些。

几个兵离开窗子，把消息带到人堆中来，几个小堆又聚成一大堆。又议论起来了：

"旅长把我们卖了！"

"他们原是官官相卫的！"

"长官们都是压迫我们的！"

"他娘的！我们性命换来的钱！"

"我们向营长要去！"

"干！要去！不去的算狗！"

尖屁股伍桂是著名的逃兵。他从十五岁起就当兵，现在已经三十岁，跳过三十几个部队了。上半年出关时，因为山多，终于是不敢逃。这次他真也没有想到他会活着回来，能在人堆中站着。他离开人堆又溜到连长室的窗子外边去了，耳朵靠着板壁，听不见什么，又把眼睛挨近窗眼。

忽然背上辣刺刺地挨了一鞭子，接着又是啪啪啪的几下。他痛苦地转过背来，望着张排长。张排长吼道：

"你在此干什么！咹，干什么！怕要造反了！"

伍桂用手摸摸他痛辣辣的背。

"在动些什么！不晓得立正吗？这些不识好的东西！滚开！"

张排长把话说完就跳着跳着向连长室走去。人都望着他的背后嘘了两嘘，他只装着听不见地进去了。

一会儿，连长同排长们走到大殿里，叫五个勤务兵和两个伙夫把鸦片烟箱子搬到营副住的那屋里去。还剩下两箱，又叫两个伙夫和两个兵士送到旅长的公馆去。两个排长押着去了。

"集合！"连长叫着，又把口笛逗[1]在嘴上呼呼呼地吹起来。

伍桂向列子懒洋洋地走去。

"死人！"连长吼着，接着就是一拳。"快点！"

列子站好了。报数也报过了。

连长把那凶恶的眼睛，从左至右向列子扫了一下，吭着嗓子喊道：

"听到！"

列子里面混乱地把足收了回去立正。

"在干什么！没有吃饭么！"连长红着脸骂。

大家只是懒洋洋地听着。有些足腿酸得打闪闪。

"现在跟你们宣布一下：本营今天改编到第三营，旅长的命令。今天营长要回军部去。我们现在把武装准备好，去欢送。听到没有？"连长把话说完，眼睛直直地望着列子。

列子里的头都在骚动，大家望了望。里面只是零零碎碎答出几声"听到了！"。

---

[1] 逗：停留。

"干什么！干什么！"连长愤怒地叫了，闪着贼一般的眼光，好像要找谁出气。"这成什么队伍！嘿！军风纪都破坏完了！哪个要捣蛋的站出来！站出来！"

列子又静静的了。

连长本要找个把人来出出气的，但是也觉得队伍一改编，自己的位置都靠不着了，他息了一下又吭着嗓子说道：

"现在马上就准备好。听到没有？"

"听到了！"

"稍息，解散！"

列子散了。兵士们向着大殿混乱地走去，一面讲着话：

"他妈妈的！改编到第三营去吗？"

"才进关来又要出关吗？"

"他娘的！还要把咱们剩下的送死吗？"

大家都知道第三营快开出关，都觉得死又摆在面前。

"妈妈的！长官们升官发财，拿我们死！"大家都这样想着。

突然有一个人叫了出来：

"弟兄们！咱们要饷去！饷不发不要营长走！"

"对，要饷去！老子还要问他要指头！"夏得海他们也叫着。

大家都在乱七八糟地说着。挂刺刀声，拿枪声，更显得混乱。

连长在房间里，知道今天有点不大对头，不敢出来骂了。

隔一会儿，又集合了。不准带枪去。

他们走到栅子门口，站着，排成一列。都在期待着，期待着。

远远地，马串铃响着来了，接着便看见勤务兵押着驮子出去！接着是营副，书记长们和两个蛮太太骑着马走来，也跟着驮子屁股去了。接着又看见一排武装兵，接着是营长，跟着来送行的是参谋长和几个旅部的官佐。

"挡着他！"谁在列子里叫一声。

列子骚动起来。

连长的脸色变了，接着便叫：

"敬礼！"

但是没有人理他，都围着营长走来。喊道：

"营长拿我们的饷来。"

"没有饷，不能走。"

参谋长叫起来了：

"这成什么！反了！反了！吴排长！把为头的两个反动分子捉着！这还了得！李连长把队伍带回去！不走，就跟我开枪！"

夏得海立正说道：

"报告参谋长！我们的饷！"

"你是为头的不是？吴排长！拿着他！"参谋长说着，手指挥着。

那一排武装兵持着枪走来，夏得海同王冈就被捉去了。大家都愤恨，怒火要把人烧死。但是自己是徒手没有办法。终于被一排人的枪口监视着排成队伍，被李连长带回去了。

在解散的时候，大家都在骂：

"狗东西为什么忘记用刺刀！"

"为什么不用刺刀呀！怕他的枪！"

大家都在摩拳擦掌地跳着，叫着，都在失悔，都在骂。

有两个弟兄是被捉去了。他们知道要求是不中用的。大家都在等待着，等待着，然而也明知道不见有好的兆头。

天色阴沉沉的，雪又落起来了。

大家在大殿上一堆一堆地挤着，想不出办法，只你望我，我望你地，好像都在等别人想条好计。

突然一阵反的号音，很凄惨地经过庙门。

"枪毙人！"有人这样一叫，大家都惊慌起来，向着营门走去。心都在跳，不是怕，是一种说不出来的紧张。眼睛都像火焰在烧。

有两班人的武装兵在门外走着。雪落在那四个反绑着手的赤膊身上。

"有两个是逃兵！"

"糟糕！夏得海也绑在一起！"

"他们有什么罪呀！"

大家都愤怒得要疯狂了，都想逃出去，把夏得海同王冈夺回来，都在等谁先跳出去。大家的心都是散乱的，谁也没有先跳出去。

"只说逃出了鬼门关，谁知进关来还是送死！"大家都好像这样想着，都好像明白了自己是什么人，"不错，自己的生命不如一只鸡！"

突然旅长雄起起气昂昂地走了来，后面跟着四个背盒子炮的白白净净的弁兵。巧得很，李连长这时也从后面走了出来。兵士们让出一条路。旅长刚跨进庙门，李连长便大声地喊：

"敬礼！"

不知怎么，大家不知不觉地把手举在额上。

旅长的脸色很难看，嘴唇动了两下，似乎想骂谁。最后他叫李连长马上集合训话。

都知道，这是来解决什么事的，都好像忘了疲倦，振作着精神。

列子在大天井中排好。雪落在颈脖上都忘了冷。许多心都紧张地连成个僵硬的一条，像一条地雷的导火线，在等待着谁来点火。

连长同弁兵们站在旅长的背后。

旅长愤怒似的，站在飘飘的雪下面，恶狠狠地望着。眼睛在不住地转动，口里在骂：

"你们是天兵！你们出过关，就了不得！军人！懂不懂，黑暗专制，无理服从！你们公然侮辱长官，聚众要挟！你们丧完了军人的德！"

大家的心都在起伏着，波动着。眼睛像火在烧，不动地望着。

旅长又说了：

"军人！哪里是军人！是土匪！我们革命军……"

"革我们的命！"排尾不知是谁在轻轻地说。

旅长望着排尾吼道：

"哪个在讲话！哪个在讲话！哼！了得！李连长！把他拖出来！"

大家的头都在动，看见拖出来的是尖屁股伍桂。大家的心更加紧张起来。

"李连长！枪毙他！"旅长坚决地说。

"枪毙？"谁又在列子当中叫了起来。

大家都忘记了一切，明白地认识了站在面前的敌人，都像狂兽般地拔出自己的刺刀扑上前去。

旅长同连长见势头不对，惊得向外逃走。

那四个白白净净的弁兵也慌得取出盒子炮，向着这狂兽般的士兵扫射了来。在前面的倒了几个，但是离得太近，许多刺刀明晃晃地已经扑到身边，只听见格轧格轧的肉搏声，四个弁兵已经刺死在地上。

旅长同连长逃不多远，便看见门口的两个卫兵持着枪跑了进来，他们两个向后便走，却被追来的许多刺刀乱砍下去。士兵们喊了：

"弟兄们！咱们快走！"

一下蜂拥地上了大殿，各人拿着自己的枪，便无秩序地向东关外跑了出去。足像长了翅膀，好像在飞。

雪落得更大了，在许多头上乱飞，他们并不觉得冷。

现在才觉得腿子是真的属于自己的，都想飞，都想挤上前去。在雪山上的辛苦，十几天的疲倦，都完全忘记了，都觉得太痛快，太自由。笑着，叫着，讲着，许多口沫在许多干瘪的嘴唇上飞溅。

一九三二年七月
1933 年 9 月 1 日载《文学》第 1 卷第 3 期
署名：何谷天

山坡上

一

　　圆圆的火球似的太阳滚到那边西山尖上了。敌军的一条散兵线也逼近了这边东山的斜坡上。在那一条白带子似的小溪流边，就很清楚地蠕动着那几十个灰色点子，一个离开一个地沿着那条小溪拉连了好长。黄色的阳光洒在他们身上，可以看得见他们那些戴着圆顶军帽的头和扳枪的手在动。几十支黑色枪杆的口子翘了起来，冒出一股股的白烟，噼叭噼叭地，直向着这东山坡上的石板桥头一条散兵线射来，从弟兄们的耳朵边和头顶上掠了过去：嗤——嗤——嗤——好像蜂群似的在叫着狂飞。蹲在弟兄们之间的王大胜，知道连长在背后树林边督战来了，他赶快又用肩头抵住胸前的掩蔽物（这是临时在这桥头用许多大石头堆成的一条长长的矮墙），向着坡下沟边的灰色点子开了几枪。他刚刚从枪身上抬起脸来，忽然一颗子弹向他脸前的矮墙石尖上飞来，啪的一声，几块破石片和一阵石砂都爆炸起来。他赶快一缩颈子，把自己的三角脸向石堆后面躲下去，鼻尖在枪托上碰了一下。随后他抬起发青的脸，赶快举起右掌来，从额角直到下巴摸了一把，一看，掌心和五指只是些石砂点子，并没有血迹，这才对着手掌心吐了一口宽慰的气，同时怕人家知道似的连忙向两边蹲着放枪的弟兄们扫了一眼。只见在这一条掩蔽物后面的几十个弟兄，一个一个地都依然相隔三尺模样靠墙蹲着，都把军帽的黑遮阳高高翘起在额头上，紧绷着黑红的脸，挺出充血的眼珠子，右手不停地扳动枪机，噼叭噼叭地把子弹向坡下射去。他把眼光收回来的时候，就看见左肩旁隔三尺远蹲着的刘排长，正用他的左肩抵住胸前的掩蔽物，撑出黑杆子的步枪，用没有闭住的一只右眼，凑在枪的瞄准器后面，他那有着一条金线箍的圆顶军帽就好像嵌在枪身上似的在闪光。

"快放！"刘排长忽然把那戴着金线帽的头抬了起来，两眼喷着火似的向两旁很快地一扫。

王大胜赶快避开刘排长的眼光，不使他看见自己这还在发青的脸，便右手抓着枪机一扭，一推，咔的一声又把一颗子弹推上枪膛。在这很快的一个动作间，他从眼角梢似乎觉得刘排长的两眼又盯住他这很灵活的右手在闪光。

斜坡下的左旁，那一带抹着斜阳的黄绿色大树林边，一幅黄绸大旗忽然一闪地从那里撑了出来。随着一阵尖锐的冲锋号声，跳出了几十个灰色人，手上都端着闪亮着刺刀的长枪，一路射击着向坡上冲来。登时那一片只是阳光的黄土坡上便零乱地动着许多恐怖的黑影。跑在最前面的就是那一面呼呼翻飞着的黄旗。黄旗后面戴着圆顶军帽的一群里面，也随即吼出蛮号子来了。

"嘿——嘿——嘿——呜……！！！"声音非常尖锐而庞大，轰得天光发抖，连桥头的这一条掩蔽物都好像震得索索摇动。两旁弟兄们又加紧地一阵快放。

"打那旗子！"刘排长顶着圆脸，白着嘴唇，两眼向两旁一扫。

王大胜的嘴唇也发白，但左眼角梢依然好像被牵引着，老是觉得刘排长的两眼在看他。他于是立刻屏着呼吸，很灵活地把脸一伸，将右眼凑在瞄准器后面，指着那黄旗瞄得很清切，"哪，你看！"他心里这么喊一声，便将右手弯曲着，食指扣紧扳机一扳——叮！只有枪机上的撞针单调的响声。

"嘿，妈的！"他把发烧的脸一抬，粗声地喷着唾沫星子说，接着他就又用一种解释的口气加添道："嘿，恰恰是这一枪瞎了火！妈的！"他说完了这话的时候，还是老觉得刘排长似乎在对着他从鼻孔发出冷笑，而且似乎看得他简直不把眼睛掉回去。他于是又凶狠狠地抓着机柄，退出那颗子弹，推上另外一颗子弹，推势太猛，把枪身都朝前冲了一下。

"你妈的！"他口里咒着，手指扣着扳机，向那飘来的黄旗一扳——叭！他立刻从枪身上抬起他那兴奋的黑红三角脸，只见那飘到半坡的黄旗一偏，随着一个灰色的人就倒下去了。那飞跑的一群突地都怔了一下。只听见桥头弟兄们的枪声都加速地在快放，在闪动的斜阳光中充满了白色的浓烟和火药的气味。

"哪，排长这回一定要说了：'这回还是我的那一排出色，你看，王大胜那家伙，一枪就打倒敌军的旗子，这回一定要请镇守使升他班长'。……"王大胜脑子里忽然电一般地闪过这个念头，他的眼角就觉得被左边的金线帽所牵引；他想望过去，看看刘排长在怎样对他闪着惊异的眼光。他掉过脸去一看，左肩旁的刘排长却正俯着脸，从胸前十字交叉的子弹袋里摸出一夹银色尖头的子弹，嘴一歪，便把它按进枪的弹仓，随即又全神贯注地闭住左眼，用右眼凑在瞄准器后面，向掩蔽物下面瞄准。王大胜张开嘴，把眉头皱了一下，想："嘿，他并没有看着我！"

他把脸掉向前面的时候，只见那面黄旗已被另一个灰色的人拿起，又抢在那一群人的前面跑来了。几十个圆顶军帽紧跟在呼呼翻飞的黄旗后面，闪亮着几十支枪刺的白光。在一阵密集的枪声中，蛮号子又震天动地地重复吼起：

"嘿——嘿——嘿——呜……！！！"

王大胜右肩旁一个新弟兄吓得直发抖，好像在向他身边躲来，但移不两步，就啊唷一声倒在王大胜的脚边。王大胜知道又完了一个了，竭力不看他，只把脸伸到枪身上，右眼觑着瞄准器，就在这一刹那，忽然觉得眼角梢甚么东西一闪。他立刻抬起脸来，向右一望，不由得就泥菩萨似的呆住了，三角脸刷[1]白，嘴唇变乌，就在眼前离桥不过五六丈远的右前方，在那玉米秆林子当中，居然出现了敌人的另一抄队。那玉米秆林子遮住了敌人的脸面和身体，只露出十几个圆顶的灰色军帽。最前面的一顶军帽是箍着一道金线的，那黄澄澄的一条觉得特别触目。立刻，玉米秆林子一摇动，便闪出十几支刺刀明晃晃的长枪，黑洞洞的枪口直对住这桥头。雨似的飞来噼噼噼的枪弹。王大胜扣着扳机的食指也发抖了，只觉得口里发麻，全身的热血都一下子凝冻了似的，头脑好像就要炸裂。但见两旁弟兄们都把枪移向那里快放，他也咬住牙，镇静地把枪口移过去，指着玉米秆林子那儿的金线军帽瞄准；就在这瞄得清切的当儿，眼角梢又好像被刘排长的眼光牵引了去，他于是就兴奋地用食指扣紧扳机一扳，叭的一声，只见那戴金线军帽的敌人就在那玉米秆林中倒了下去。他的脸更兴奋得发光了，因为他忽然觉得刘排长的手一抓一抓地在扯他的左肘。他掉过头来一看，突然的一下子他又一惊地呆住了，三角脸变白，嘴巴都大大地张了开来。眼前呈现的刘

---

[1] 刷：同"唰"。

排长，正朝天仰着他那惨白的圆脸，躺在石墙后面，两眼翻白，鼻子右边有一个圆圆的鲜红窟窿，鼻孔和口角都涌出猩红的鲜血，染红了半边脸，向着耳边流下去，滴在黄色的泥土上，两手还在痉挛地抽搐。

"嘿，妈的！"王大胜说，两眼都好像被那鲜血映红，冒出强烈的火焰，同时脑子里这么阴郁地一闪："完了！"在这当儿，敌人的蛮号子声音已经震天动地地逼上前来，面前的这条矮墙也给它震得发抖。他急忙掉过脸去一看，只见那半坡跑来的敌军已跟右前方的那支抄队混在一起，逼近石桥来了。他于是赶快把脸掉向背后，对着那容易逃跑的黄绿树林边闪着两眼一看，却见头戴金线军帽的连长正站在那儿的一株树边，一手高举着手枪粗声喊道："不准动！死力抵抗！"他又只得掉回头来，那一面黄绸大旗却已一闪地在桥头出现了。几十支枪头刺刀都闪着雪亮的寒光，渐逼渐拢。掩蔽物后面的几十个弟兄，立刻混乱了，都不再听连长的叫喊，就像一群吃惊的鸦雀各自飞奔逃命。顿时跑得震动山坡，地上散落着零乱的黑影，一阵黄尘漫天漫地地腾了起来。王大胜苍白着他的三角脸，慌忙地离开桥头的黄土大路，沿着树林边的草地撒腿就跑，忽然一堆乱草绊住他的一只脚胫，他便在自己的黑影里一扑跌了下去，随即便听见许多脚板打自己头边跑过去的声音，背上屁股上还被谁重重地踏了几脚。背后是一片震天动地的喊杀声。他赶快一手紧抓住枪，一面挣扎爬起，一面连连掉头向后看。在那一片闪光的黄尘飞舞中，他模糊地瞥见一个跑落后的弟兄，被一条雪亮的枪头刺刀追上了从背后猛地一刺，那人啊唷一声便倒下去了。他于是用牙齿咬紧了下唇，竭力不让自己的膝盖发抖，从草地上挣扎起来，正要拔步，只听见一声"杀！"随见一条雪亮的枪头刺刀已正对自己的肚子刺来。王大胜向后一个腾步，还不曾站稳了脚，却看见面前那个头戴黑遮阳军帽的黑麻脸汉子第二下又刺来了。他急忙双手抡起枪杆使劲向那闪亮着刺刀的枪横砍过去，就听见咔的一声，白光一闪，黑麻脸汉子两手里的枪杆便绷出许多路外去了。那汉子的麻脸立刻点点发青，举起空空的两手向王大胜胸前猛扑；王大胜还来不及向后跳一步，双脚一飘，一个翻身就被他压着倒下去了，后脑勺在草地碰得砰的一声响。黑麻脸趴在他身上，右手抢着拳头就要向他胸口打下来；王大胜急忙伸出两手打横里一格，随即叉开两只手爪，挺上前去扼住黑麻脸的咽喉，使劲摇了两摇，同时将两膝盖挺起来往上一顶，黑麻脸便从王大胜身上滚下地来，军帽都离开他的脑壳跳了开去。王大胜从草地上一翻身爬了起来，分开两脚骑在黑麻脸身上，左手的五指紧扼住黑麻脸的颈梗，将他扼牢在草地上动弹不得，右手抢起铁锤般的拳头，向他额角上狠狠的一拳，立刻见他两眼一翻，脸色顿时翻了白，随即又举起拳头，对他额上脸上接连地擂，直擂得他口角冒出白沫，鼻孔流出鲜血，就一丝儿不动了。王大胜慌忙爬了起来，忽然又斜刺里出现一条雪亮的枪头刺刀，直向他肚子刺来，噗的一声响，刀尖刺破军服直进肚皮；王大胜发昏地用力向后一跳，将肚子脱开了刺刀尖，一股殷红的鲜血随着喷了出来。他急忙双手按住伤口，在不知有多少敌人的一片喊杀声中，他沿着树林边向前跑了十步光景，便觉心头一阵慌乱，口里一阵发麻，两腿一软，仰翻身就倒下去了；两耳嗡的一声，眼前火星乱迸，立刻便昏了过去。

二

太阳落下西山去了一会儿，月亮便从那黑魆魆的东山顶露出它圆圆的白脸，刚爬上蔚蓝色的天边，马上就把它那清凉的淡绿光辉洒了下来，抚摸着掩蔽物后面横横直直的尸体，也抚摸着这树林边草地上躺着的黑麻脸。黑麻脸觉得一阵清凉，渐渐才有意识觉到了自己的头脑，两手也就在身体两边微微地动一动，他疲倦地一睁开那胀痛的两眼，清凉的月色立刻就抹上他那闪光的一对眼珠。他看见那圆白的明月正在向上升，被一块破絮般的白云遮了进去，只现着一个模糊的轮廓，立刻却又在那白云的上边露出脸来，洒下比先前更加明亮的清光。就在这很快的一瞬间，他忽然惊觉了："我怎么睡在这里的？"同时也是很快的一刹那，他就记起了那骑在他肚子上的敌人，那三角脸，那一手扼住他的咽喉，一手捏着拳头对准他的额角雨点似的捶击下来的景象。他于是举起右掌来抚摸额角，那肿起来的皮肤立刻就刀砍似的痛了起来，烫得掌心都颤了一下。他一摸到那湿腻腻的鼻孔和嘴角，忽然非常吃惊了，赶快把手指移到眼前，对着明月的光辉一看，五指上完全沾满黑色的黏液。"呵，血！"他这么一想，全身都紧了一下。一股怒气冲上来了，挺出一对眼珠，把那沾血的手指捏做拳头就向身边的草地上捶了一拳，狠狠地向着自己脑中的三角脸影子瞪一眼，并且想象着这一拳恰恰捶在那三角脸的鼻尖上。一股凉风掠过，旁边的那些抹着月光的树梢叶子都顺着一个方向摇动，索索地响了起来；四野的乱虫也立刻起着杂乱的鸣声，他又才记起自己仍然是躺在战场上的。"不知道我们边防军是打胜还是打败了？"他皱着眉头想，"不，一定是打胜了，一定的。我们第三连也许已经进城了！妈的，为什么不把我抬走？"他愤愤地把头从草地上向上一抬，颈骨却立刻痛得刀砍一般，好像就要断了下来似的。头又只得躺了下去。痛得咬紧的牙关都发起抖来。"有谁扶我起来就好了！"他这么一想，就更加觉得被剩下来的孤独，全身都好像冷得痉挛了一下。他摸着疼痛的颈项，就叹一口气。在周围是凄清的虫声，在前面是悠悠的月色，黑魆魆的远山和近山，在眼前画着弯弯的几重弧线，怪兽似的蹲在那里。身边的一丛树林，也显得非常黑魆魆。忽然他的两眼很吃惊了，因为他仿佛看见有许多黑色的东西在那树林里边躲躲闪闪地跳动。他捏了一把汗，定睛看去，原来那树林里从许多叶缝漏下来的月光，在随着微风一摇一晃地动。忽然圆月被一朵黑云遮去了，眼前顿时变成一片黑暗。旁边的树林都立刻伸出狰狞的爪牙，乱虫都吓得停止了鸣叫。黑暗得使他的鼻孔都窒塞起来。只见一星绿莹莹的光，从那头的黑暗中出现，渐渐移了近来。忽然一晃地又不见了；立刻却又是一星，二星，三星，忽然十几星，都绿莹莹地，闪闪烁烁上下飞舞。"是萤火虫。"他决定这样想；意识里却又隐隐地疑心那是鬼火。那十几星绿莹莹的光也更加闪烁了；他全身都缩紧起来，也就更加觉得这黑魆魆的周围都在隐藏着什么可怕的东西，只要注意地一看他就会跳出来站在面前似的。一股凉风沙沙掠过，他全身的汗毛就都根根倒竖。月光终于从那朵黑云中挣出来了，立刻又把黑暗驱散，洒出它的清光。"我得走！"他一面这样坚决地想，一面就两手按着草地向上一挣；颈骨却又刀砍似的痛了一下，头就像重铅似的抬不起来，他于是只得又躺了下去。"我走哪去？"他立刻又自己回答："当然回连上去！"一想到连上，他心里就一紧，全身都也痛苦地跟着缩紧起来；因为他好像觉得自己已经站在一圈弟兄们的包围中，眼前一个个全是嘲笑的嘴脸："你们看，李占魁这家伙简直是死卵一条！居然被打败了的敌人几拳就打昏死过去！哈哈哈！"他于是又冲上一股怒气来了，挺着一对眼珠，恨恨地瞪着脑里记忆中的三角脸影子，又在草地上捶下一拳："哼，我李占魁去你奶奶！"他在肚子里这么骂了一句，同时把牙齿咬紧起来，磨得咯咯作响。忽然一条黄狗跑到身边来了，舌头拖在嘴外边抖了几下，嗅着鼻孔伸到他肚皮上来。他一惊，忍着颈项的疼痛，很快地就翘起头来。黄狗吓得赶快把嘴向上一仰，夹着尾巴向后退了一步。他于是捏起右拳向前一挥，黄狗才掉转屁股拖着尾巴跑去了。他趁势全身用力翻过来，爬着，闪着两眼追着那狗跑的方向看出去，他的黑麻脸立刻起着痉挛了。就在前面四五丈远的石板桥头掩蔽物后面，横横地躺着三条尸体，靠过来一点又是直直地躺着两条尸体，都脸朝上，两手摊在身体两边。正有十来条白的黄的黑的各种颜色的狗，在那旁边零乱地围着，用嘴有味地咬着他们的肚子。一条白狗的嘴从一个尸体的肚皮里拉出条条闪光的肠了来，长长地拖出，有许多黑液一点点地滴在地上。狗嘴一咬动，就吞进五寸光景，动几动，就吞得只剩二寸长的肠子尾巴在嘴唇外边，它长长地伸出舌条来一扫，立刻便通通卷进嘴去。刚刚跑过去的那一条黄狗，也把嘴向那尸体里插进去，含出一块黑色的东西来，一点点的黑液滴在地上。白狗呜呜地咆哮起来了，闪着两星眼光，张开嘴一口就咬住黄狗的耳朵，黄狗痛得举起前两脚跳了起来，猛扑白狗，两条狗就打起来了，冲得那十几条狗一下子混乱起来，都乱跳乱咬，几十只脚就在那五条尸体的身上践踏着冲来冲去。李占魁看着倒抽一口冷气，全身都痉挛起来，两颊害疟疾似的起着寒热。"如果我不早醒转来，恐怕肚皮已经变成血迹模糊，肠子都被吃光了！"他恐怖地然而又感着一种侥幸似的想。忽然在不远的树林边，传来"嗯……"的一个呻吟声，他立刻很兴奋，两眼都发了光；"原来不止我一个！还有人！——人！"他这样从心底里闪出希望的光，向着左后方扭歪疼痛的颈项望过去，就在前面十步光景，也趴着一个人，翘起三角脸，那三角脸上的两眼在闪光。"哼！原来是这家伙！"他的麻脸立刻点点发青，一股怒火从两眼喷了出来，脑子里面这么紧张地感觉着，"不是你死，便是我亡！"咬紧牙关，两手按着草地便向上爬起。三角脸的王大胜也看清了黑麻脸，见他忽然站起，向前扑来。"糟！这家伙居然也活转来了！"王大胜心慌地一想，赶快把按着肚皮上刺刀伤口的两只血手按在草地上一挣，伤口痛了一下。他咬住牙关，全身紧张地爬了起来，捏起两个拳头的时候，李占魁又叉出两手向他身上猛扑过来，王大胜两脚一飘，仰翻身就被压着胸口倒下去了，后脑勺在草地上碰得砰的一声。他立刻伸出两只手爪抓住李占魁的两肩，鼓着一口气向上撑住，使李占魁的拳头打不下来。李占魁也伸出右手抓住王大胜的右肩，硬挺地撑住，把王大胜的军服都撑了上去；右手的五指就向王大胜的喉管抓去。王大胜把颈项躲开一边，咬住牙，两手抓紧李占魁的两肩向左旁一推，两脚的膝盖用力向上一顶，李占魁一偏就翻下草地去了。王大胜立刻翻了上来，压在李占魁的身上；两个仍然互相伸出两手抵住对方的肩头，两个脸对脸地距离两尺远光景。李占魁趁王大胜还没压得稳，也抓紧他的两肩向着右边一推，两脚的膝盖向上一顶，王大胜又包裹似的翻下草地去了。忽然肚子那儿发出"噗"的一声，两个都一下子泥菩萨似的呆住了。李占魁赶快扫过眼光去一看，只见王大胜的肚子上裂开长长一条口，一捆花花绿绿的肠子带着黑色的血液就从那儿挤了出来，对着明月的惨淡光辉在圆条条地闪光；血水流了出来，在伤口两边的黄皮肤上流了四五条黑色的小沟，滴在草地上。他忽然感到一阵克敌的痛快。王大胜痛得两眼喷火，在那很快的一瞬间，抓住李占魁的右手就往口里送，牙齿咬在手臂上；李占魁的右手在草地上，动不得，便跷起右脚尖来准备踢去，还没踢到，王大胜忽然惨叫一声，就昏了过去。李占魁一怔，右脚立刻就一愣收回来了，赶快从王大胜的牙齿缝把自己的右手拖了出来。他蹲在旁边仔细一看，只见王大胜的三角脸在月光下呈惨灰色，两个颧骨尖尖地突了出来，两眼愣愣地翻上，非常的可怕。掉眼来看王大胜的肚子，只见那挤出来的花花绿绿的肠子两旁，正在不断地流出鲜血，流过那黄皮肤一滴一滴地滴在草地的时候，还借着月光在草上闪着一点点的黑影。他的麻脸忽然痉挛起来，两眼都好像被那鲜血映红。他再看王大胜的脸，这才看见那凹下的两颊皮肤，在起着痛苦的痉挛，微微地颤动。他忽然觉得眼前的这三角脸非常可怜起来了。"如果今天我的肚子也破了，不知道怎样了！"他这么一想，全身都起了鸡皮疙瘩。一条黑狗跑来了，抖动着嘴边三寸长的舌条，闪着两星眼光望着那肚子上的一堆肠子。他于是就在自己的脚边抓起一块石头来，手举在头顶以上，一挥地向前掷去，黑狗退一步，掉转屁股拖着尾巴就跑去了。就在这一刹那，王大胜又醒转来了，马上就觉得肚子一段痛作一团，好像有成千上万的针尖直刺进皮肉里去；但他紧紧咬着牙关，竭力不让自己在敌人面前哼出声音，只是一面瞪着一对眼珠，恨恨地看了那黑麻脸一眼，一面伸出五根手指颤颤地摸着肚皮，伸到伤口边，指尖一触着那伤口，立刻又是一阵刺心的大痛，手指一抖地又缩回来了。"哎呀！受不了！谁打我一枪就好了！"他的脑子里只是这么痛苦地想着，依然不让自己的声音哼出来，竭力咬紧牙齿，把整个身体侧左侧右地摇动，两手的五指死死抓住身体两旁地上的草根，抓进泥土里去。忽然身旁什么东西一晃，他掉眼看去，只见五条狗跑来了，很清楚的五个狗脸，在嘴边拖出舌条，就站在旁边对着自己肚子上的一堆肠子。他立刻全身都紧张了，那刚才桥边的尸体被咬破肚皮的景象，立刻向他威胁来了。他全身发热，两眼立刻闪着恐怖的充血眼光。"完了！就这么在敌人的眼前给狗完了！"他这么绝望地想着，两手就在地上乱抓，寻找石头。伤口一扭，立刻又是一阵刺心的大痛，气都透不出来，他便本能地叉开两手，十指扼住自己的喉管，同时坚决地想道："我倒莫如自己弄死的好！"忽然有几个石块一晃地向那五条狗掷去了；五条狗夹着尾巴一退，分开，立刻都又冲了上来。一条黄狗在最前面跳起四脚来汪汪地狂叫，那几条狗也都跳起四脚来汪汪地狂叫。王大胜一怔，看见李占魁居然就在旁边向上一冲地站了起来，右手一挥，又打出了一把石子去，一条黄狗和一条黑狗的鼻尖各着了一块，夹着尾巴掉转屁股就跑。剩下的三条狗还在冲来。李占魁再蹲下来，伸手去抓石块的一刹那，王大胜看着这沾满鼻血的黑麻脸，忽然感着一种奇怪的感觉，觉得那麻脸倒并不可怕，而且和自己似乎还有着一种什么相同的东西。他看得身体一扭动，伤口又痛得他全身发抖了，痛进心里，痛进骨头里；但他把咬紧着的牙齿放开了，用着惨伤的声音震动山林地痛快叫了出来：

"哎呀——我的妈呀——哎哟——"

李占魁就在旁边一起一伏地甩出石块和狗搏战。三条狗都夹着尾巴逃了开去的时候，他才说道一声：

"他妈的！"把剩下的几块石头随手向地上丢去，有一块忽然滑落在王大胜身边；王大胜躲了一下，伤口立刻又是一阵大痛。他于是又叉开两手扼住自己的喉管，指头把那颈珠都按了下去。

李占魁皱着两眉，赶快两腿一弯蹲下来了，自己觉得好像做错了一件事情似的，两眼紧紧盯住那咬紧两排牙齿的三角脸，想说话，嘴唇动两动，自己又不知道应该怎么说才好。于是张着嘴叹一口气。

王大胜终于下了一个决心，两手离开喉管，大胆地望着李占魁的黑麻脸，喘着气颤声地喊道：

"喂，弟——"他刚要叫出平常叫滥了的"弟兄"两字，立刻却又觉得不好意思，马上就把它吞回喉管去了。单是痛苦地硬生生地喊道：

"喂，我受不了！我受不了！请你把我弄死吧！把我一枪——哎哟……"他惨叫一声，立刻又闭着两眼，两手扼住自己的喉管，痛得两脚后跟紧紧抵住草地。

李占魁心头一怔，觉得非常难过。终于大胆地伸出两手去抓住王大胜的两手，从喉管拖开，颤声地说道：

"弟兄，你别这样，你别——"

王大胜立刻又痛得把自己的两手抽回去扼住自己的喉管，从咬紧的牙齿缝哼出"哎——哎——"的声音。李占魁皱着两眉，举起右手来，抓抓自己的后脑勺，搭响着嘴唇，无可奈何地望着王大胜的脸，终于他又把手伸去了，抓着王大胜扼住喉管的手爪一面扳开，一面说道：

"喷，弟兄，你别这样，喷，你别……弟兄……"

王大胜忽然感觉着从李占魁的两手流进来一股温暖，一种从来没有感觉过的温暖，他好像立刻忘了痛苦，反手来紧紧抱着李占魁的两手，睁大一对发热的红眼睛望着面前的黑麻脸，颤声地震动山林地大喊一声：

"唉，弟兄——"泪水立刻从一对眼眶涌了出来，在眼角梢积成珠子，映着明月的光辉一颤一颤地滚下耳边去。

李占魁也立刻感动得嘴唇乌白，一种从来没有过的温热，沿着两手冲上心来，眼眶都充满了泪水。他从模糊的泪光中，紧紧盯住三角脸，也把自己的手抽出来紧紧握住王大胜的两手。他转脸去看看那肚子上的肠子，叹一口气，又掉脸来看看那土灰色的三角脸，又叹一口气。皱紧了两眉，说道：

"怎么办，怎么办，唉！喷……唉！……"

王大胜的两颊忽然痉挛起来了，在鼻头和嘴角两边起着几重弯弯的皱纹，从咬紧的牙齿缝挤出细微然而坚实的一声：

"唉，弟兄——"便两眼一挺，昏了过去。

李占魁就那么抓住他的两手，眼眶热热地。两颗泪水闪一下光，便滴在王大胜的脸颊上。

月儿也好像看得皱起脸来了，向着一朵乌云后面躲了进去。留在李占魁眼前的是一片伤心的黑暗。

一九三五年十月

1935 年 12 月 1 日载《文学》第 5 卷第 6 期

署名：周文

在白森镇

刘县长刚刚一醒，睁开眼睛，知道太阳已经出来好久了。那温和的黄色光辉把天井边脱光了叶子的树枝影子推到大玻璃窗上，在窥看他那搁在枕头上闪亮着油光的圆胖脸。光线直逼他的眼睛，他立刻又闭住了。马上又记起昨夜把头在枕上转来转去想了一夜的心事。

"陈分县长这东西好可恶！……你要同我捣蛋么？哼！……"耳朵边还好像隐隐地响起他曾经不断自语过的声音；而脑子里也同时电影似的闪出了那可恶的陈分县长的脸相。他看来，那是一张寡情的苍白色的猴子脸相，尤其是那两片狡猾的薄嘴唇，和一条阴险的和有点弯曲的尖鼻子，以及那一双狡诈多端的黑白灵动的小眼睛，更显得可恶！

"那一件案子，"他愤愤地想，"那是该我的。而且我已从黄村长手里得过人家的钱的，但是他把人犯通通弄去了！还说是在他管辖区内的！……他是甚么东西？不过是分县长！——有人还说他和土匪头子冯二王来往呢！——照道理说，分县长不过管管'违警'之类案件的，但是那样的案子他又弄去了！而这回糟糕的是我已经得了人家的钱的！假使他知道了这秘密，那就……"

他心里一急，脊梁便像有许多针尖猛力一刺，马上沁出汗水。于是他渐渐不平起来了：

"别的县份都只是一个独立自由的县长，而我这一县偏有这么一个令人掣肘的分县长！而且偏是这么一个可恶的陈分县长！……"

他把那寡情的猴子脸用最黑的句子诅咒了一番，而且竭力把他想象成一种"勾绞星"——一种恶作剧的小鬼；但心里还是不舒服，因为总觉得那小鬼在身边妨碍他，破坏他，在他脚边掘下了黑汪汪的无底陷阱！他于是恨恨地咬紧牙齿，在被窝里握起拳头来了，毒毒地把头一点：

"好，我今天一定要同他坚决地把我们各自的职权作一个彻底解决！决不能再像往常似的优容下去了！"

但他的拳头随即又无力地松开了，手掌心还湿了一片汗水——他迟疑起来了，因为他忽然又记起陈分县长之所以竟敢这么公然和自己对抗，是为了军部里的参谋长是他的亲戚的缘故。

"这确是有点棘手！"他想。但他又觉得自己不也是王师长的心腹秘书吗？而且他陈分县长还通匪呢！他于是坚决地在床上一拍，一翻身爬起来了，把皮袍和马褂一拖就在身上穿了起来。

一个通身穿着灰军服的听差两手捧着一盆蒸腾起白汽的洗脸水进来的时候，他把手指停在胖颈子边的衣领上，威严地噘起嘴唇重重地呼一声响痰，使得屋子四角都哗啦地起了回应。听差吓得赶快把脚步放得更轻，几乎是用脚尖点走着，因为经验告诉他，凡是县长一发出这声音，就多半是要发脾气的时候。

"听着！"果然，刘县长挺着胖颈喊起来了，听差赶快就转身在他面前端正地捧着洗脸水。

"今天陈分县长他们来的时候，你马上就上来向我报告！听清楚了吗？唔？"

"还有！你慌甚么！"他见听差放好洗脸盆在架子上就要出门去的时候，又把他吼住，说，"你去保卫队给张大队长说，叫他不准团丁们到处跑，准备着，我随时好叫他！听清楚了吗？唔？"他心里同时决定着："好，我一定要借着打匪，亲自下乡去看看有没有更好的办法！"

他把脸洗完之后，就在办公桌边温和的阳光下站好桩子做每天早上照例要做的"八段锦"，但他刚刚举起两手，心里却像许多蚂蚁在爬似的，感到非常的焦躁。他想，重要的是应该先平下心来，养养"浩然之气"。于是在挂了一张白衣观音像前坐了下来，在桌上香炉边翻开一本《华严经》，竭力恢复着自己平日的庄严稳重的态度。他一面念着，但耳朵边却像有一个恶作剧的孩子在向他学嘴似的：

"陈分县长这东西好可恶！……你要同我捣蛋么？哼！……"

他念不下去了，焦躁地皱起两眉向背后望望，心里同时感到对观音菩萨非常抱歉似的，就又赶快转回脸来恭敬地向观音像郑重望一眼。于是合了书，就向窗下的办公桌边踏着很稳重的脚步走来了。

"陈分县长那算甚么东西？连走路都是轻飘飘的！"他这么一想，就觉得自己是高出他多多了的，于是一种必然战胜的预感在他心里波动起来。

他把胖脸对了玻璃窗外的时候，立刻又皱起眉头了，因为在对面的天井边，那一个在前几天刚由军部派来的施服务员，全身穿着蓝灰色的军服，腰间拴束着白铜方扣的斜皮带，铜扣在肚前闪光，正在挺出胸脯，把两手举上举下地做着柔软体操，年青青的光洁圆脸都涨得红红的。

"又是他妈的一个！"刘县长不高兴地，把往常模糊感到的一种思想忽然明确地想起来了，"这些政治军事学校的毕业生，军长派他们来干甚么？他们能干甚么？而且还和我是'平行的'呢！我这身边安了他这许多掣肘的东西，我这县长还干得出甚么鸟来！……而他那样年青和我的儿子差不多……"

那施服务员走进对面的房间门去了。他恨恨地竭力把他注视着，见他隐没在门枋里边了，遂又出现在窗框里，现着圆圆的脸，在挽着袖子，接着就上身和头一动一动地，好像在磨墨。

"这家伙不晓得又要写甚么了！"他不放心地想，"前天收发师爷告诉我说他偷偷看见他给军部发了一封信。唉，他们这些人分派来各县署服务，该不是同时给军长做侦探的吧？因为他们是军长的学生！……"

他用手指拈弄着右边的八字胡须尖想了一想，就下了决心直向天井对面走去了。

"我一定要看看他写些甚么东西！"他想。

他刚刚走到门边，施服务员好像慌乱了一下，弯着左手把铺在桌上的信纸遮了一遮。他更疑心了，但竭力摆着镇静的脸孔，踏着稳重的脚步，慢条斯理地笑道：

"施委员，你早呀！"

施服务员赶快站起来，用了很客气的对前辈的态度笑着说：

"呵呵，监督[1] 你请坐！"

"呵，你有事，"他谦虚地把右手一伸，说，"你不必客气，做你的事吧！"

在门槛外边站着，做着好像并不想进去似的，眼睛却向着信纸上

---

[1] 监督：对县长的旧时称呼。

瞟，他一面想：

"应该要使他看出我不过是在天井边随便散散步！"但他这么想着的时候，却已一脚踏进门槛来了。接着他也就坚决地想：

"'说破的鬼不害人'，我倒莫如当面揭穿他的秘密，看看他究竟怎么样……"

于是耸起胖胖的两腮玩笑似的说起来了：

"你又是在给军长写信吧？"

施服务员弄得有点失措似的，但同时觉得很高兴："他居然这么看重我，说我'给军长'写信。"他于是兴奋地把信纸向桌角一推：

"不是不是。我不过随便写写。"

刘县长坐在桌子旁边，随手就把信纸抓了过来，一行大小不匀整的黑字就跳进他的眼里——

处长大人钧鉴学生到差以来此间情形。

他看到这里，心里别的跳了一下："哦！他居然又在报告'此间情形'呢！"但他竭力镇静着，立刻哈哈笑了起来：

"你的字写得真漂亮，一手好字。"他用着赞美而认真的眼光盯住施服务员，施服务员的嘴边立刻闪出了忸怩的微笑，脸都红了，他于是更加出声地笑了：

"哈哈，看不出，看不出！"他一面说，一面想："这年青人真受不住给他灌米汤，轻易就露出一种女人似的羞态，也许我可以想法使他为我所用吧？"

"施委员，我哪天一定请你帮我写一堂屏，我把它裱来挂在中堂上的。你看好吗？"

施服务员窘得有点难为情起来了：

"哪里哪里，我的字是乱七八糟的，我们在学校里就从来不讲究写字这些。"

"哈哈，你太谦虚，你太谦虚。你乱七八糟写，都写得这样好，如果不乱七八糟写，不是写得更好吗？啊？"他张着嘴巴望着他，见他只是忸怩地把脸微微摆动一下，他于是又赶快把话转过来了：

"不错不错，新脑筋的人是不大讲究写字的。我也不大讲究。施委员，你从前大概没有到这边荒地方来过吧？唉唉，这地方人的脑筋都旧得很！"他一面把信纸放在桌子上，一面说；同时用食指向施服务员的头一指，又向自己的头一指，不自然地加上一点鼻音道："这地方就只你是新脑筋，我自己也……军长把你派到我这县来，我真高兴，我们两把手真可以给地方上做一番事业。而且你又是学政治的。哦哦，我想请问你一句：你那天说的那《民约论》是一个姓卢的写的，他叫卢甚么？"

施服务员见问到他的"本行"的话，立刻从不会应酬的窘况中解放出来了，微笑答道：

"是卢梭。"而且对于这自称新脑筋的人好笑得很，于是又伸出食指在桌上写着向他解释："这卢梭的'卢'不是姓，这两个字应该连着读，是名字，是译出来的。他是法国人。"

刘县长不在乎似的把头一仰道：

"哦！……那么这人还在吗？"

施服务员又笑了，又向他解说：

"已经死了多年了，是一千七百——"他忽然也一下子记不起究竟是一千七百多少年来，于是红了脸一面拉过一本政治学来，一面皱起眉头说：

"唉唉，是一千多少年呢？我也一时记不起来了！"

"哦！"刘县长又不在乎似的把头一仰，"好吧好吧，不必翻吧。——那么我请问你，那天你说《人权宣言》，既然人人都有权，一个县长会怎么办？我觉得孔子有句话说得好：'民可使由之，不可使知之'。啊？"

"不，不，人权是人权，政府权是政府权。"施服务员立刻分辩地说，"至于孔子的那种说法，是一种愚民政策，许多学者都曾经竭力反对过了！"他于是马上给他举出几个学者的姓名来。

"不错不错。"刘县长竭力不要和他争理论，因为和这种"血气方刚"的年青人争是犯不上的。他于是微笑地从事实上来说："可是这边荒地方，人民都是这么愚蠢的。他们从来就不懂得甚么权不权的。而且他们也觉得要维持地方治安，老虎凳这些是很需要的。像这样的情形，假使你来当县长，会怎么办？"

施服务员立刻提出他的见解来反驳了：

"不，不，人民不会要老虎凳的，人民要的是平安。人性的根柢是善的，是能够相互扶助而平安生活的。俄国有一个克鲁泡特金的《互助论》说得就很好。"他为要证明他的意见，马上又伸手拉一本书过来。

刘县长觉得这人有些书呆子气，笑着拦住他道：

"好，好，不必翻书吧。我们来谈事实。譬如假使你来办，你会怎么样？啊？"

施服务员立刻兴奋了。他觉得应该使他看重自己，这就正是发挥自己的抱负的时候，他把右手一挥，两眼都发出梦幻似的光辉来了，说："如果我来么？我就要从根本做起。首先把一县划成许多单位，每一个单位抽出一部分人出来训练训练，受一定的公民教育。再又叫他们去训练所有各个单位的人民。使他们懂得自己是人，是公民，应该互助地来发展地方上的各种事业。谁是喜欢穿得破破烂烂，不愿穿绸穿缎呢？"他觉得这比喻得很巧妙，脸都兴奋得发红了，于是用食指在桌上一划接着说下去，"好，初步告了一个段落，第二步我们就来啦。问他们，你们愿不愿过好的生活？过一种现代的生活？他们这时都有智识了，当然都说愿意。好，那么我们就把这肮脏的城市来改造过吧。于是出钱的出钱，出力的出力，大家都把马路修筑起来，工厂建立起来，商店弄得堂皇起来，街上跑着汽车。至于乡村，多培植森林，改良种子，改良肥料，改良耕具，使它变成一种非常优美的田园生活。"他说到这里的时候，忍不住向窗外投了一眼；其时天井里金黄的阳光都在欢快地发笑，天空也梦幻似的闪着晶亮的蔚蓝。他的眼睛更加发出梦幻似的光辉来了，好像看见了在那蔚蓝得像天鹅绒般的天幕下，热闹地躺着改造后的街道纵横的城市，商旗在屋檐口随风飘翻，汽车们在马路上飞驶，工厂的笔立烟囱在忙碌地吐出牡丹花似的黑烟。包围着城市的乡村，都是一片无涯的浓绿，许多黑点子在绿色的田中点缀着蠕动，那是正在耕种的农夫们，在森林里发出欢愉的各种雀鸟的歌声，在庄园里发出平安的鸡犬的鸣声……他的嘴角闪出微笑来了，接着说下去："好，这一下生活都好起来了，谁还有争夺？哪里还有盗匪发生？那么这时候的老虎凳还用得着吗？"他停止了，兴奋地红了脸望着刘县长的胖脸。

刘县长几乎要忍不住哄笑出来了，他越看越觉得这"孩子"很好玩的。但他竭力不让这笑露出在脸上，做着很认真的样子，睁大一对眼睛称赞似的把头一摇，说：

"这是远大的计划，远大的计划。是的，'民为邦本，本固邦宁'，我很赞成你。好，我们有机会就来做吧。不错，军长确有远大的眼光，训练出你们这么一批人才。"

施服务员见他完全接受了自己的意见，而且这么亲热和坦白，心里非常高兴。他忍不住好奇地偏了脸问：

"你怎么以为我在给军长写信？"

"哈哈，你不用多心！"刘县长觉得趁这时正好下手了，于是轻轻一拍他的肩头玩笑似的说，"我是并没有想到的。只是那天陈分县长向你我说，军长把施委员派到我们这县来，不是来同时给军长侦探我们的吧？我说，哪里哪里，施委员是一个顶纯洁的青年……"他用着不太高，也不太低的声音说到这里就停止了，用手指拈弄着八字胡须尖，射出很锐敏的眼光把他看着，看这句话会使他起着怎样的反应。

施服务员吃惊地怔了一怔，想不到他们居然怀疑自己是"侦探"！但"纯洁的青年"这几个字却是很中了他的意的，他于是赶快微笑地解释道：

"我看这对我是太——不，不，是有点误解了，我是来服务的，我不是来干那样的事的！"

"哈哈，我也是这么说。"刘县长把胡须扭了一扭，随即把声音放低下来认真地说，"陈分县长这人讲话是有些'那个'的——人家都说他喜欢造谣，有些人还说他通匪，其实照我看来他有些地方太不检点了——至于那个话，我不过无意间听见他那么说，今天就这样失口说出来了，唉，我真该……该……想来你不会多心吧？我希望你也不必向他提起……"

"不会不会。"

刘县长为要显得自己说的都是很随便的，便伸手到桌上翻了翻堆得很整齐的几本政治学和军事学的书，随口又称赞一番，最后他掉过脸来说：

"我看你们这些受过训练的人办事精神都很好，"但他觉得自己还没有见他办过甚么事，这称赞未免有点过火，于是又赶快加添道，"我看你每天都起得很早。"

施服务员兴奋地微笑着从座位上站起来了。

"这算甚么，我们在学校的时候还要早！"一说到学校他就更加感到有话讲了，于是挺起胸脯，左手插在裤袋里，右手很自然地在胸前一挥，忘我地一直说下去，"当我们刚开学的时候是冷天。天还是一片墨黑，那黑呵，真是伸手不见五指。在那样的时候，起床号就把我们吹起来了，我们只消三分钟就把军服穿好，裹腿绑好，床铺理好，被条还要折得四棱四角的，真是只要三分钟。一出了寝室，天上……"他张着梦幻似的眼睛，举起食指兴奋地向头上的楼板一指，刘县长为了使他满意，也跟着他的手指两眼闪着含笑的光把胖脸向楼板仰了一下，口里喊出：

"哦？"

其时，施服务员正在不断地说：

"天上的星星还是非常透明的。我们在操场上操着操着，脚都冷得冰透，到了天亮，我们才看见满地是一片白霜。"他说到这里，又把食指向地板一指，刘县长又用含笑的眼光跟着看了地板一下，随即大声笑了起来：

"哈哈哈，了不得，了不得。难怪你的身体这么壮。"他说到这里，突然忍不住滑出了下面的话："我那大的一个小儿明年就要在高中毕业了，身体就是很弱，我也想把他送到你们那样的学校去受一下训练。"他立刻又觉得这话说得不妥，但既已说出来了，又觉得说了也好，因为可以使他明白自己是他的前辈。

施服务员稍稍怔了一下，但因为太兴奋，仍然高兴地把左手的袖口抹上去，露出圆滚滚的半截晒得黑红和半截雪白的手臂，用右手的食指点着笑道：

"不错，你看我的这手。"

刘县长摸着嘴边的胡须，称赞似的点一点头，同时心里想："这'孩子'确是一个喜欢充神气的，我倒很可以好好利用他一下。"

他走了出来的时候，心里更加确定了：

"是的，我要做点事情给他看，使他暗暗地给军长报告去，那么陈分县长无论怎样在参谋长那儿捣鬼我也不怕他了！"接着这思想好像一根线似的一直发展下去了："是的，我决定来一套打匪，同时也可以用一种方法来把陈分县长的通匪坐实。"

他的胖腮和嘴角不禁闪出微笑来了。

回进自己的房间的时候，桌上已堆起一叠公文，他知道那是司法官送来请他批阅的。在一张垫了虎皮的椅上坐了下来，拉了一件到面前来翻看，但他又想起陈分县长的事来了，接连几次焦躁地抴扯着胡须向窗外看。

终于那听差走来了，他便响着宏亮的声音喊住他，问：

"陈分县长来了？"

听差赶快垂下两手说：

"还没有，监督！不过那黄村长来了，他要会监督。"

刘县长见他对黄村长的来，说得那么随随便便，没有像自己感觉这么重要似的，立刻很生气了：

"他来了！你怎么不早进来报告？唔？"

听差吓得一怔，赶快说明道：

"我就是来报告监督的。他刚刚从黄村来。"

"哼，就是来报告的！你去跟他说，请！"

他见听差跑了出去，立刻就紧张地等着，但不一会儿却只见听差一个人走了进来，他于是大怒地问了：

"黄村长呢？！"

"我把他请到会客室了，监督！"

"哼，浑蛋！"刘县长在地板上顿了一脚，"我是叫你请他到我这房里来呀！哼！"

黄村长是一个不胖不瘦的长个子，一张满布烟容的山羊脸，两撇

109

黑色的小胡子，一双多疑的东看西看的三角眼睛。他一走进门帘来，就赶快揭下那顶戴了八年的发黄而又卷了边的黑呢博士帽，露出他新剃过的发青的光头。刘县长用嘴唇一指，向他说"你坐"，他就用左手先摸着背后的椅子边沿用半边屁股小心地坐上去，立刻慌张而恭敬地说道：

"监督，昨天晚上又有人来向我说了，说是陈监督昨天把吴老娃吊起来了，还用藤条打了一阵子，吴老娃竟把我从他那里拿来的两百块钱的事都说出来了！"他说着，生怕有谁在背后听见似的，赶快掉过脸去看了一下。

刘县长立刻着急地跳起来了，胖脸变得很难看。黄村长的心里也立刻跳了起来，看情形，他想刘县长一定知道了那回吴老娃拿出的钱不是两百块而是三百块，而那一百块他一拿到手就五分利放出去了。他小心地吊着的半个屁股坐得更直，只得准备硬着头皮挨他一顿骂。只见刘县长责备似的用手指敲着桌沿说：

"咹，你们真是这么不小心！他去捉他的时候，你们怎么不把他夺回来？"

黄村长见他说完之后用手在胖脸上一抹坐回虎皮椅子去，他才放心地透出一口气来，动着眼珠两边看一看，赶快皱起眉头解释说：

"监督，我们知道的时候，已经迟了呀！吴老娃是住在黄村口的，离我家有二十里路。那天恰好我叫我家长富到林家去收我的租，恰恰去就碰见，但已经迟了一杆烟的时候了！那天他去收租，我曾叫两个团丁背枪跟他去的。哪晓得他知道的时候，叫团丁去追了一程也没有追着。他回来一跨进门就喊：'爸爸呃！吴老娃给他们捉去了'，那天我家长富早去一步就好了！"

刘县长从鼻孔冷笑了一下，用手指摸着嘴边的胡须，威严地看了黄村长一眼。"自己这么着急，而他却说些不关痛痒的，真是有些讨厌！"他这么厌烦地想，于是觉得他那种土头土脑的样子，简直是一个十足的痞棍。但这痞棍他又觉得不能得罪他，因为他们这些人在地方上确是很有势力的。他感到刚才自己那样地跳了起来不能不是没有涵养。他于是调和一下呼吸，把两手筒在袖子里抱在胸前，偏着脸说道：

"好，那些已过去了。我们来说现在的吧。"

"监督，"黄村长非常恭敬地说，"我看这事完全是白森镇李村长和我捣蛋！"

"为甚么是他和你捣蛋？"刘县长不耐烦地皱着眉头说。

"就因为去年那件事呀！去年我买他侄儿十亩地，他狠狠地造了我一阵谣，骂我用赌账骗了他侄儿！其实那不能怪我，那是他侄儿不肯卖给他……"

刘县长把眉头更皱起来了，想："你去你的田地！你妈的田地关我甚么事？讨厌，总是这么不结不完地说他自己的一大套！"但他有静听别人说话的涵养的，仍然紧紧把他看着，想从他话里看出那症结来。

"监督，你晓得。从来各种民刑案子我都是叫他们一直到县里来的。但是自从陈监督到白森镇上任以后，李村长就在他面前鬼鬼祟祟地说了不少的坏话，攻击了我一通，并且把黄七的村长挤掉，自己当了村长。于是从那时起，许多应该到城里来的案子他都给他拉了去，有时还拉到我的黄村来！所以我说这回吴老娃的案子又一定是他捣的蛋！"他气愤愤地说到这里就停止了，怕有人听见似的瞬动着两眼又向背后看看，接着又恭敬地看着刘县长。在他看来，这胖胖的正县长应该是可以压得住分县长的，心里着急地想："但愿那一百元的事情不发作才好！"

"你还听见别的甚么消息吗？"刘县长靠在椅背顶的头不动地问。

"没有甚么消息，监督！"黄村长想再激他一下，于是说，"就只听见说，他把他吊起来了！他把那两百块钱的事说出来了！"

刘县长觉得这事情究竟太糟了，是非想个办法来对付陈分县长一下不可了。他的头仍然不动地问道：

"那边的土匪没有甚么消息么？"

黄村长莫名其妙地望了他一望，直着腰机械地答道：

"没有，监督！那还是前两个月说是要来抢黄村，现在好久都没有听见了。"

"但是，据我最近几天所得的消息，"刘县长镇静地一面说，一面无意识地拉过一件公文来。黄村长以为那就是甚么"消息"了，慌忙凑过上身来。刘县长赶快向他摇摇手：

"不是不是。这不是。我最近听见说，就在你们附近又有土匪出现……"

黄村长吃惊地张开嘴巴望了刘县长一眼，赶快说：

"没有没有，监督。这两天到了冬防期间，我们随时都在派人放哨的。监督那回发卖给林大户，李三财他们那些人家的枪，我都叫他们晚上拿出来守夜的。"

"那么我问你，你们在甚么地方放哨？"

"就在我们镇上附近。"

"这就对了，你看我所得的密报是在黄村附近。"

"我们在黄村附近也放了的，监督。"

"那么我问你，吴老娃被陈分县长他们捉去了，你们怎么不知道？可见你们黄村附近没有放哨。"

黄村长怔了一下，又赶快说：

"监督，放了的！那天我就派了两个。"

刘县长冷笑了一下：

"那不是派去放哨的，那是派去陪你家长富去帮你收租的呀！你刚才不是说过吗？"

黄村长脸红了，一时答不出话来，呆呆地张开嘴巴望着刘县长。可是刘县长那看透一切的眼光直逼他，他就把自己的眼睛顺下来了。但他总觉得不服气，黄村附近虽然没有放哨，土匪可是没有的。看刘县长那口气，好像对自己已经不信任了似的，心里感到一阵慌乱。但他想了一会儿，却又想不出甚么更巧妙的话来。终于还是抬起眼来说：

"监督，真的，我们那里，真是好久都没有出现过土匪了。"

刘县长笑了一下，把手向他一指：

"好，你别管他，你今天回去就给我准备准备吧。我只要这一两天一得着确实消息，我就要来亲自清一下乡。"随即他严重地把声音放低下来，"可是你要注意：这消息我只向你一个人说，你可不能对第二个人说呀！"

黄村长这才又放心地吐出一口气来了，而且忽然觉到高兴："监督只向我一个人说！可见他还是信任我了！"他这么兴奋地想着，赶快恭敬地答道：

"是，监督。"

随即他就好像明白了一大半似的：

"是的，快过年了！"他想，"监督一定要亲自下一回乡，那么年礼是重要的了。我要赶快去通知镇上的人们准备送鸡送腊肉。说不定他还要带两支枪去叫他们给他卖……"他于是显出非常懂得的样子，加添道：

"监督，我去照办就是了！"

刘县长忽然大吃一惊，因为他看见陈分县长居然没有经过通报就在天井边出现了！今天陈分县长穿的是一件黑呢的长大衣，非常熨帖，很灵活地走来，苍白的猴子脸上闪动着一双狡猾的小眼睛。刘县长就忿忿地站起来，黄村长以为他在下逐客令了，也大吃一惊地跟着站起来，拿着帽子说：

"我走了，监督。"

刘县长叫他在那里等一等就迎出去了。黄村长倒弄得莫名其妙，直到转过身看见天井边的陈分县长，他才明白过来。但一想起那一百块钱的事，立刻又慌得脊梁都沁出汗水，但也只得紧张地在门帘后等着。

刘县长走出门，才看见那听差跟在陈分县长的后边在三堂后的门口跑来，他于是暴怒地一声断喝：

"你到哪里干什么去来？"

听差吓得赶快站着，结结巴巴地说：

"监督……叫我，说陈监督来……就……"

"浑蛋！"

陈分县长一怔，脸色变了一下，他想这是骂给他看的。但他拿得非常稳，仍然闪着狡猾的眼光，凑上前来笑嘻嘻地说：

"监督，我来啦！"

他这口气，看来好像嘲讽似的说，你的什么事情我都知道啦！刘县长只得赶快放下笑脸来，很庄严地掉过来向他笑道：

"呵，请坐请坐，你好几天没有进城来了吧。"立刻又掉过脸去喝道：

"你还看着干什么？给陈分县长倒茶来呀！"

陈分县长趁势把脸掉过一边暗暗笑了一下。

于是两个就走进寝室外边的一间房里来了，在靠住寝室的板壁下一张茶几旁椅子上对坐下来。陈分县长立刻很灵活地转侧过身子来向刘县长诉苦似的说道：

"监督，我们这两天真是忙得要命。我简直忙得头都昏了！这是冬防期间，我们白森镇上通共就只有十条枪。"他说话，喜欢做手势，于是把两手的指头全都伸出来举了一举，眼睛眉毛都随着一动。"晚上要叫他们放步哨，我一点也不放松他们，"他把手向前一指，"一直放到山脚。晚上可是冷得很呀，北风吹得呼呀呼呀地直吼，"他把两手向前一推一推地作风吹的姿势，"白天呢，有时候还叫他们操练操练，跑点圈圈。"他又把手指在空中划了一划圈圈。接着他就把眼睛紧紧望着刘县长的胖脸，叹一口气，"咳，我每月的收入就只这一百四十元，而收发啦，文牍啦，庶务啦，听差啦，都在这一百四里开销，现在这冬防期间，有时还要奖励奖励团丁们一下，又不得不掏腰包，"他真的就伸手到腰包里掏了一下，最后他又叹口气说下去，"监督，你晓得，在我所管辖的区域内，人民都是穷得要命的，他们来打官司，你还得贴他们的牢饭，而案子还不多。但我这两天都忙着冬防的事务，简直一刻也离不得。可是监督昨晚的信一到，我今早就赶来了！"他把手在胸前一挥就说完了，端起听差刚送来的一杯热茶搁在薄薄的嘴唇边，动着眉毛咕哝咕哝全吞了下去，又闪着一副狡猾的眼光泰然地盯住刘县长。

刘县长在肚里冷笑一下："你又来给我玩什么鬼把戏！哼，还说什么你'管辖的区域内'呢！"但他竭力摆着不在乎的样子，稳重地也端起茶杯搁在嘴边一面抿了抿，一面眼看着杯子，计划着要谈判的话。之后，就用手指拈扯一下胡须说起来了：

"听说吴老娃——"他还没有说完一句，立刻一怔地把嘴缩住了，因为他看见陈分县长忽然记起什么来似的，狡猾地把眉毛一扬，一面躬腰曲背地把右手伸到大衣下面的皮袍里面去，一面说：

"呵呵，我还有件事忘了。参谋长昨天来了信，他附了一笔问候监督。"

刘县长立刻明白他这话不过是向自己示威的意思，但也紧张地等着。陈分县长把信从袋子里拖了出来，很巧妙地动着手指把它理直，倒捧着送到他面前来。刘县长刚刚一见那第一行写着陈分县长的名字，而且用的是"老弟鉴"这个款式，立刻好像感到头痛起来。他草草看完送还他的手里，勉强出声地笑道：

"呵呵，他近来很好吗？请你回信的时候帮我附一笔问候他。"

"他近来很好。"陈分县长把眉毛一扬，说，"他这人的确很好。他成天忙到晚为那些大事情罗，计划罗，应酬罗，忙得不可开交，倒难得他还时常把我们这些人记挂着。"他把拿着折叠好的信向刘县长和自己指了一下，"他每回来信总说，'使老弟屈处边荒，心实不安，但乔迁之望徐图之于异日耳'……"他特别把那一行字凸显出来，用指头点着，摇着头重复道：

"徐图之于异日耳！"

他把眉毛一扬，又盯住刘县长说下去：

"参谋长在军部里的确是一支好手笔，文武全才，军长是离他不得的。他对下属……"

刘县长见他越说越得意的样子，心里非常不舒服起来，他忿忿地想："参谋长不过是你的远亲！他岂是你一个人的吗？什么东西！你有参谋长，我也有王师长的！"但他保持着微笑的态度打断他的话道：

"我想同你具体……"

"他对下属是很严厉的，"陈分县长当作没有听见，一定要趁势把想好要说的话说完，"自然这是参谋长的精明处。但有时候为了体贴下属，觉得可以马虎的地方也就马虎过去了。"他把手在空中一划停止了，这才扬起眉毛盯着刘县长的嘴唇。那意思好像说：你也马虎点吧！

但刘县长还是说起来了：

"我想关于吴老娃那案子，是属于刑事，我想请你把他送到城里来……"

陈分县长狡猾地闪着眼光笑起来了：

　　"哦哦哦，是是是，"他把右手指抓着下巴尖想了一想，"是是，是有这个案子。说是已经到城里来过的，不过我听他说他已花过四百块钱……"

　　背后的板壁抖了一下，两人都把脸掉过去一看，什么也没有，只见寝室门口的门帘微微动了一下，刘县长知道那是黄村长在那儿偷听，一方面心里感到一阵慌乱，一方面又知道了那黄村长过手的不是二百，另外竟还有二百的秘密。他见陈分县长闪着奸险的眼光紧紧盯住他，但他竭力镇静着，不把自己的眼光避开，也悍然地和他对盯住。

　　"这是为什么？"他装着吃惊的脸相说，"大概是他造谣吧？"

　　"不，决不是造谣。是他亲口说的。嘻嘻！"

　　"不过我听说你们把他吊起，用藤条打他，我想他大概是受刑不过乱说的吧？"

　　陈分县长怔了一下，但很快他就哈哈笑了：

　　"这倒恐怕是谁乱说的！"

　　"自然，我要查一查再说。"刘县长撇下这问题，立刻把话转开去：

　　"不过我今天约你来的意思，在信上已约略说过，你大概已明白。现在我想同你谈谈一般的问题。因为过去政委会也有过明令，凡分县署只管关于'违警'的案件，此外属于法律事件方面都应解送县府办理。前回我已同你谈过，我想请你考虑一下。好在我们彼此都不是外人，大家总好商量商量的，你以为对吧？"他用手摸弄着茶杯，眼光含笑直盯住他，"其实呢，我倒是无所谓的，不过我恐怕将来政委会查问起来，大家都不大方便……"

　　陈分县长用手指头摸着下巴尖，故意微笑着点点头，见他说完，就立刻把手指移到茶几上点了一点：

　　"是是是，不过我记得照《六法全书》上的规定，下面有两个字：

'但书'，我想事情大概不是那么简单吧？"他想不同他谈什么一般的问题，还是给他拉到具体的问题去：

"至于吴老娃这案件，的确使我感到一些奇怪。怎么那样一个土老儿的样子，居然花过了四百块钱，而这四百块钱据说是由黄村长过手的！"

刘县长弄得忿怒不是，不忿怒也不是。这简直把自己的尊严都给打毁了！他的嘴唇顿时乌白起来，彼此僵了似的对望着。

"自然，这事情我要彻查的！"刘县长只能这样说了一句，耸一耸肩头。

"这很好。"陈分县长狡猾地眉毛一扬眼光一闪，说。

两个都再说不下去了。

好像谁抛了两块小石头进来，他两个都掉过脸去看，是两只麻雀发着很响的噗噗声飞了进来，还没有停下地板，立刻又噗噗地飞出去了。马上又回复了沉寂。随即就在这沉寂中很清楚地听见吃吃吃不断地响——是陈分县长的手表声。彼此又呆板地对望了一下。

刘县长觉得这样僵下去不是话，他想再努一回力，仍然把这"一般"的问题弄一个头绪。但刚要开口，却见斜皮带的白铜扣一亮，施服务员在门口出现了。

施服务员向他们点一点头就走了进来。陈分县长发着奸笑，刘县长发着苦笑也向他点点头。施服务员一走到面前，忽然觉得难为情起来了，要走开不是，不走开也不是。他的圆脸马上红了起来，搭讪搭讪地笑道：

"你们在谈什么呀？"同时准备马上就转身出去。但一见陈分县长把眉毛一扬向他说出话来，他就又决定站住了。

"我们在谈政治问题，"陈分县长笑着说，"在谈一件关于刑事的政治。"

118

施服务员一听见这自己的"本行"的话，立刻感到兴奋起来了。他站成"稍息"的姿势，两手插在裤袋里，偏了脸问：

"是一件怎样的政治问题？"

刘县长立刻皱起眉头，很着急地望着陈分县长，生怕他就说出来，赶快说：

"你还有事么？"

但陈分县长竭力不看他，已向施服务员说起来了，同时还把右手在脸前一起一落地动着：

"是这样的，是一件图财害命肆行贿赂的事件。施委员，你是懂政治的，你的意见怎样？"

刘县长愤愤地把陈分县长的后脑盯一眼，立刻又紧张地把施服务员的脸盯住。

"关于这样的事情，我还没有经验，"施服务员谦虚地微弯了一下腰说，"不过，我可以从根本上说。"他说到这里，把右手从裤袋抽了出来在空间很郑重地从上指到地下，眼睛就闪着思索的幻惑的光。"我看这地方的人民是太落后了，说不上智识，这都是几千年来愚民政治的结果。他们愚蠢地犯了罪，但法律又不能不给他们以相当的制裁。但关于怎样制裁，我那天看见刘监督审过一堂，用了老虎凳下来之后，我还同他辩论过一下。"他转过脸去很郑重地望了刘县长一眼，而刘县长则厌烦地大皱其眉头；但他并没有看见，仍然不断地说下去，"那天我是这么主张着，人民愚蠢地犯了罪，自然不好；但'不教而杀'，也一样不好，"他觉得"不好"这两个字用得有点过火，赶快又经过一道修辞，改口说："不，不，也一样的不妥。那天刘监督的意见和我稍稍不同。他说对于这样愚蠢的人民只有用重刑才能减少他们的犯罪。自然，这也许是他的经验。不过，我们从理论上说来——"

"吓，从理论上说来！"陈分县长感到滑稽地笑了，但恐怕他看出，自己就赶快做出赞扬的样子特别把头摇了几摇。

施服务员更加兴奋了，把手指着地下说道：

"从理论上说来，在这二十世纪，像我们这样民治国家，应该要实行民治精神才好。而重要的是要使他们懂得自己是公民，那才能根本减少犯罪，……而实际上，内地的人民都觉醒了……"

"那么怎么呢？"陈分县长又把眉毛一扬，玩笑似的说。

刘县长直沉着脸，心里非常地着急和讨厌，而肚子也饿了。他就想大概该要吃饭了吧？惟愿听差来一请，就可以把这讨厌的场面结束。他于是焦躁地看着门口等待着。

"我以为重要的是实行普及教育。"施服务员兴奋地说，"多设平民学校，叫所有人民都要进学校。"他张着幻梦似的眼睛好像看见了他想象中的乡村和城市都设着许多学校，无千无万的人民都规规矩矩，成行成列地坐在讲堂上，只看见黑压压的头，而他自己则挺胸高站在讲台上庄严地挥着手向他们讲话。"我相信只有这样才是根本办法。……"

听差拿着茶壶到茶几来倒茶，施服务员稍稍让开一点，仍然望着陈分县长说下去：

"人民的智识开了，自然就减少犯罪的行为……"

刘县长向听差递一个眼色，用可以使三个人都听见的声音说道：

"饭成了么？"

施服务员发怔地望了他一眼，立刻兴奋地把两手一摆，说：

"当然再没有'犯罪'的事了呀！到那个时候，土匪也没有了！……"

刘县长，陈分县长和听差三个人倒都一怔地望着他，立刻都忍不住哈哈笑了，听差竭力忍住，只是在肚子里笑得发抖，把茶倒在杯子外边了。

"你们笑什么？"施服务员惊愕地望着他们，立刻红了脸奇怪地问，"我觉得这理论没有什么可笑的。那么你们的意见怎样？"

大家都就不笑了，局面立刻僵了起来。

听差于是赶快说：

"监督，吃饭了！"

陈分县长趁势就起身告辞。刘县长也不留，起身送他。施服务员心里有点不舒服。但恐怕人家认为自己浅薄，立刻赶上一步大声说：

"好，我想有机会，我还想和你们讨论一下。"

陈分县长笑着向他点点头，刘县长也嘲笑地向他点点头，就把陈分县长送到大堂外。回了进来的时候，刘县长一路喃喃地骂着这可恶的陈分县长。他忿忿地顿了一脚道：

"哼，你这狗东西，硬要和我捣蛋！好嘛，我就要给你看看！"

他跨进三堂后的门槛的时候，见施服务员还站在天井边，两手插在裤袋里，张着梦幻似的眼睛望望蔚蓝的天空，又望望铺满阳光的天井。

"这'孩子'倒是很容易利用的！"刘县长想，"放着这一个现成宝贝我都不用一下，更待何时？"

"施委员！"他走到他面前拍拍他的肩头说，"刚才这陈分县长太'那个'了！你正讲得起劲的时候，他竟这么狂妄地笑起来！这种人，你何必同他多谈。对牛弹琴，他懂得什么东西！"

"是呀，那简直太不成话了！"施服务员忿忿地说。

"施委员，我要请问你一句，你能作战吗？"

"作战？"施服务员见他问得那么认真，就又兴奋起来了，"那自然是可以的。不过我要问一问，是怎样的战？"

"是打土匪。因为在这冬防期间，我们随时都要准备的。"

"我们在学校里边，因为偏重在政治，所以我们的军事是没有学全的。我们学的是平原战，山战还没有学过。"他说到这里，立刻又觉得自己的这话太天真了，会使得面前的这人减少对自己的重视的。于

121

是举起右手来补充说："不过，军事学里边的种类，照我看来其实是差别不大的。只要肯干，我想都容易。我在学校里的打靶是第三。你看见过打靶么，监督？"他偏着脸认真地向他一望，随即又闪着梦幻似的眼光说起来了，同时用手向前面一指："我们那次的打靶场比那天井边有好几十个远，相距二百米远。我们用了几种姿势：立射，跪射，卧射。我两枪都中在对面靶子的圆心，只有第三枪打了一个偏差，但也偏不多。要是那一枪也射进圆心就好了！"

刘县长越看越觉得这"孩子"太有趣，不由得笑起来了。

"好，好，很好。"他又拍拍他的肩头说，"我一定借重你。"

立刻就转身走去了。

施服务员觉得自己的话还没有说完，立刻在他后面赶了一步喊道："我想能够练习练习一下更好。"

"唔唔。"刘县长没有停步，只是向他掉过半面脸来微笑着点点头就一直走去了。

拉开门帘，刘县长一脚踏进房间的时候，黄村长非常局促地拿着卷边博士帽站起来，脸色现着忸怩和慌张，斜侧着身子站在旁边，等候着一定会来的严厉的申斥。刘县长向他横一眼，就在桌上轻轻一拍，不高兴地说道：

"咳，你们简直把事情给我弄得糟透了！"一屁股就坐下虎皮椅子去。

黄村长不敢用眼睛正视他，只垂着头，在旁边站着，手捏弄着博士帽的卷边。

刘县长忿忿地看他一会儿，看见他手指上戴着两个很耀眼的黄澄澄的金指环，他立刻又提醒自己，这样对他太严厉有点不大好，因为他们这些人在地方上是有相当势力的，而且现在又正要用他的时候。

"你坐下吧！"他和缓一下呼吸之后，用嘴唇一指，说。

黄村长就又先用左手摸着背后的椅子吊着半边屁股坐下去，赶快用两眼左右看看，说：

"监督同陈监督谈了之后怎样？"

刘县长耸一耸肩头。停了一会儿，才说：

"我想你在门帘后已都听见了——可是你们弄得太糟了！据他说那吴老娃出的是四百块钱！"

"监督，这恐怕是他胡乱说的！"黄村长把已经准备好的话脱口就说出，"吴老娃这人本来就是疯里疯气的。"他立刻给他举出证明："譬如那次我叫我家长富去向他要三十个蛋。因为那次我们那里过军队，那连长派一个勤务兵来向我说，马上要一百个鸡蛋。那时候，恰恰我们家里的鸡蛋吃完了，逼得我挨家挨户去寻，弄得真是气都透不过来！恰好那天正遇着吴老娃他们几个人来镇上卖蛋，但他说只有这三十个了，其中有二十个是已经答应了人家先用了钱的。我家长富用好言向他说，这是公事，就通通把它拿来。后来他却说那是六十个！弄得我和他吵了，讲了好半天，他才明白过来。他就是那么疯里疯气的！"他随即觉得这话的力量太轻了，刘县长会反过一句很巧妙的话来把自己问住的。他于是坐得更直一点，索性再举出一件和刘县长有过直接利害关系的事来：

"譬如那一次监督交一支毛瑟枪给我，叫我发卖给他，监督的朱单上是批明着缴一百元。他总是叫苦说买不起。我那回又向他讲了很多话，说地方上要防土匪，你们有钱人不买，谁买？而且监督的命令是不能违抗的，这是地方上的事。后来他又说这不是新式枪，是毛瑟枪，顶多值二十块。我又和他费了不少唇舌，他才交出一百块来。后来他却逢人便说我欺了他，卖了他二百块钱！你看，监督？"他于是立刻叹一口气，诉起苦来了："真是，我们这些在地方上当公事，真是很难的！吃了力还一点也不讨好，弄得天怒人怨的！……"

"好了好了。"刘县长怕他再说下去，厌恶地打断他的话，"现在不必再说这个吧！我问你，前天你说白森镇有人要告陈分县长，怎么他们还没有把状纸递来？"

"是这样的，监督。"他怀疑地闪着眼光看了刘县长一眼才放了心，说，"听说陈监督知道那回事了，把他们传了去恐吓了他们一阵，说是如果敢这样，就把他们打烂关在班房里！他们就都吓怕了！不敢了！"

"哼！"刘县长立刻把眼睛横了起来，冷笑了一声，"好吧，我告诉你，你可不必向别人说！我这两天要到黄村来一下，叫他们把呈文亲自送到我手上来。我要替他们伸冤！哼，这简直越来越不像话了！你给他们说，叫他们不要怕，有本县长给他们做主！你今天一回去就赶快准备！"

黄村长巴不得他说出这样的话，赶快高兴地躬腰答道：

"是。"拿起帽子就微笑地出去了。

刘县长从玻璃窗望见他走过天井边，仍然是那样土头土脑的步法，左肩微耸，右肩微吊，身子和脑袋向上一冲一冲地走出三堂的门去。

天黑的时候，刘县长感到一些愁闷，因为天上堆满乌黑的云，密密层层的，在预示着快要下雪的景象，这样上路是不舒服的。待到半夜，一天的黑云忽然被一口风吹散得精光，一轮月儿露出它明澈的白脸在青空上悠闲地窥看人间，洒下来一天井如水的清辉，房间里点的煤油灯光都顿时减色。刘县长俯在窗前渐渐高兴起来了。一看天井对过施服务员的房间，只见房门关住，纸窗下方微微透露出一小团微弱的黄光，想是扭低了煤油灯芯，睡了。他于是立刻叫听差马上去把保卫队张大队长叫来。

张大队长是一个高长的大汉子，头上包着大布包头，两眼还好像没有睡醒，迷迷糊糊的。他一走进来就端正地把两脚跟一碰行了个敬礼。

刘县长就向他说明，刚刚得到一个密报，说是从白森镇边境，向黄村来了一股土匪。要他马上去把一队团丁通通叫起来，准备好全副武装。他最后把右手伸出来一指，下命令道：

"叫他们通通到衙门前集合，由本县长亲自带去。同时赶快先派一名团丁跑去通知黄村长一声。"

张大队长又行了一个敬礼，就走出去了。顿时全个县府里里外外都闹哄起来。

刘县长又把听差叫来嘱咐几句，叫他赶先到前面路上去布置去了，之后，就走出天井来，是一地的好月亮，金亮的星星满天。经过三堂门后边的时候，只见外面，听差们，团丁们，轿夫们，正在跑来跑去忙着一团，几盏被提着的风雨灯的黄光在那微暗中穿花似的亮来亮去，步枪们发出磕撞的声音。忽然一条光带一闪，是光着头的收发师爷提着一盏风雨灯在二堂出现了，就站在那儿指手划脚地在大声指挥。同时还听见远远的地方传来马蹄踥打着石板的声音。顿时形成一片紧张的空气。他忍不住笑了一笑，兴奋地感到自己的权力：只要自己一句话，人们都就忙起来了。

他走过去用手重重拍着施服务员的门，用着带点慌张的声音喊着他。

施服务员一下子惊醒来了，好像远处失了火似的，只听见一片嚷声和狗吠声。他吃惊地跳出被窝，一面揉着眼睛赶快拉开门，一种莫名其妙的恐怖袭击着他，同时感到寒冷得皮肤都长起鸡皮疙瘩。刚刚一看见刘县长慌张似的走进来，向他说：

"匪来了！"

他顿时全身都战栗起来了。

"你抖么？"

"不，不，冷得很！"他赶快镇静地说，立刻把煤油灯扭亮起来，一面扣着军服，拴束斜皮带，一面着急地问：

"匪到哪里来啦？"

"说是到黄村了！"刘县长紧张地说，随即亲热地拍拍他的肩头道：

"老弟，今天是你用你本领的时候了！你去帮我的忙吧！"

"好，我就走！"施服务员非常感动了，想不到他今天突然称他"老弟"，立刻挺起精神来说，"可是我还没有枪。"

刘县长见他那么认真，忍不住哈哈笑起来了：

"老弟，你以为我真的让你上火线么？我要借重你更大的事呢，请你帮我计划和指挥。你只要带我的一支手枪就是。至于马，我已叫人给你预备了！"

施服务员全身都紧张了，马上伸手在灯光旁边拿了两本作参考的军事学书装在一个皮包里。有一本《野外勤务令》他拿起来看看也装进去了。刘县长陪他一道出去的时候，只见一大队提着枪的团丁在街心排成一条长长的列子，有些在咳嗽，吐痰，有些在发抖。十几盏在月光下显得不很亮的风雨灯从排头分配到排尾。一乘绿纱大轿摆在阶下，四个轿夫等候着。一匹黄马四脚站着，在左右地甩摆着尾巴，喷着鼻气。已经静了下去关门闭户的两旁人家，都从半开的门缝伸出头来恐怖地把这街心望着。这街上集立刻形成一片森严的气象。刘县长竭力忍住笑坐进绿纱轿里去，四个轿夫一下子就抬起来。队伍也就"向左转"成双行，在前面开道走起来了。施服务员一脚踏上左边的马镫，马却提起后脚跳起来了，把他甩了开去。前面的队伍和轿子都走了。他慌得赶快跑到马的右边来，还没有挨拢身边，马又提起后脚跳起来了。队伍已走远了。他急得满头是汗，在旁边跟着马转圈圈。他想这太笑话了！正在没有法，一个看门的跑出来帮他拉着马嚼子，扶了他一把，他才爬上马背，赶上前去了。他想：幸好刘县长没有看见呢！他赶上了队伍，跟在轿后，一出了城门的时候，只见满田野都洒

126

遍明月的光辉，好像淡烟似的笼罩了远远近近的一切。左前边是一带疏疏落落散缀着的白点，那是些村庄的白壁，一丛一丛黑蓊的树林杂立在那些村屋之间，一带渐起渐高以至渐远的山丛，骆驼背脊似的从左边直绕到前面远处似乎又折转回来包到右边，右边的山下则闪亮着一条长长的光带，那是河流，月光在河流里破成碎点。远远地，犬吠起来了，与河流声应和着。村屋，树林，山丛……都好像在神秘地窥看这大路上点缀着点点黄光的队伍。施服务员在这样美丽的梦幻似的光景中，好像读到了一篇古代英雄立马山巅的故事。他于是在马上挺起胸脯来了。他预想着在一张点了两支洋蜡烛的桌上，自己将怎样伏在一张地图上一面翻看着备作参考的军事学书，计划着怎样排兵布将，指挥着那些团丁们向那月光下黑黝黝的山峰去作战。而事过之后，军长会怎样来电嘉奖。于是觉得肚前的方白铜扣都特别光辉起来。

忽然在前面路的转角上，队伍的排头刚刚一到，一个喊声突然冲破了沉寂叫了起来，队伍都起了一点骚乱。施服务员非常吃惊了，美丽的月光都好像顿时失色，恐怖包围了他，本能地赶快摸着腰间挂的手枪。刚才的幻梦都逃得无影无踪了，只有一个尖锐的现实的令人脑子发涨的念头在脑子里响着："呵呀，要干了！"

前面的轿子停了下来，他也慌忙下马，一种不曾经验过的恐怖，使得他捏着手枪的手都发抖了。只听见刘县长在轿子里大声地然而镇静地喊道：

"什么事！"

那声音使他惭愧："他都那么镇静，而自己竟就发抖了么？笑话！以后还要见人呢！"他想着，走到轿前，把头向刘县长伸去慌忙说道：

"就要干了么？我就叫他们散开？"

刘县长镇静地把手一摇：

"不忙。让我看清一下情势！"

其时，已见两个背枪的团丁提着风雨灯和一个听差押了一个遍身穿得非常褴褛好像叫花子似的人走来了。施服务员非常兴奋，以为这大概就是捉着的匪了，而捉这样的匪竟是这么容易！却见那匪扑的一声就在轿前跪下来了，干哭似的喊道：

"大老爷伸冤！我们家给匪抢了！"

"哦，原来他竟是被匪抢的！"施服务员想。

刘县长赶快走出轿来，皱着眉头问道：

"你是哪里人？"

"给大老爷回，我们是城里人。"

"什么？"刘县长着了急，威吓地说。

"我……我……我……"

刘县长赶快望听差一眼，听差就赶快在那叫花子似的人背上一掌，生气地说：

"你发昏了吗？你刚才不是说你是黄村山边上的人？"

那人发慌了似的，赶快自己打了一个嘴巴：

"是是，大老爷，小人是黄村山边上的人。我遭抢了！我真是气得发昏了！"

"那么有多少匪？"

"很多。有几十。"

"你晓得那些匪是从哪里来的？"

"是从白森镇来的。说是里面还有陈监督呢！"

刘县长勃然大怒了：

"什么？有陈监督？你别胡说！"

那人吓得直发抖，以为自己说错了，赶快说：

"不是不是。大老爷！不是陈监督。"

"哼，你在混说些什么？"

听差见刘县长吼了起来，又赶快推了那人一掌，威吓着：

"你在混说些什么呀！"随即把脸抬起来望着刘县长道，"监督，他刚才说那群土匪是和陈监督打了招呼的……"

刘县长立刻打断他的话，喝道：

"你不准恐吓他！让他自己说！"

那人又赶快说起来了：

"给大老爷回，是的，那群匪是和陈监督打了招呼的……"

刘县长用了诧异的眼光望了施服务员一眼，意思好像说：哈，你看！随即他又掉过头去喝道：

"这家伙打胡乱说[1]，我不相信！"

他问明了匪的方向和情况之后，马上叫带下去，同时补说道：

"他们这些遭了抢的人很可怜，好好把他带着，不要为难了他。"又伸出手指向他一指安慰他：

"你不要伤心。本县长现在就是给你们去打匪的！"

施服务员奇怪地看了半天，见刘县长掉过胖脸来的时候，便闪着怀疑的眼光问道：

"这才奇怪！怎么那些匪会和陈分县长打招呼？"

"是呀，我也不相信！"刘县长摇摇头说，"不过陈分县长平常对于老百姓太'那个'了！他们怀恨在心，也许这回遭了抢就栽诬他也是可能的。自然遭抢的人也很痛苦……"

施服务员觉得他轻轻就把这事情抹开，似乎不免有官官相卫之嫌。他用了他推理的脑子想了一想，觉得在这样的时机应该提出自己聪明的意见来，以显示自己的并不浅薄。于是赶快用手把刘县长一拦，响着很明确的声音说：

---

[1] 打胡乱说：指说话不经过思考，胡说八道。成都方言。

"不过'无风不起浪'，据我看这事情是很可怀疑的！"

　　"自然自然，"刘县长马上点点头，"我也很赞成你的意见。"他愉快地暗笑着就进轿子里去了。

　　于是队伍又向前走起来了。

　　月儿在一簇乌云里穿了过去之后，更加明亮起来，清辉泻在山，林，村庄，河流，以及大路上走着的人马身上。风雨灯里火舌的光都显得更加淡黄了。施服务员坐骑在马上一路想着刚才刘县长尊重了自己的意见感到了非常兴奋，于是对陈分县长的可疑之点更加明确起来，就像手上紧抓住辔头一样地明确。他觉得非常忿恨。预想着这一战恐怕要一直打到白森镇去。

　　东山顶黑暗的天边涌现出一片鱼肚白，好像山那面谁提了一盏灯在照着似的，这时候，黄村的市镇好像一大簇黑色森林似的在眼前的坡下出现了。队伍就直下坡去。一朵黄色的火光和一团黑影从那镇口向队伍一摇一摆地移来。到了近前才看出是一个人提着风雨灯，一个人在灯后，身子和脑袋向上一冲一冲地走着，后面还跟了两个背枪的。一看就认出是来接他们的黄村长。

　　施服务员同刘县长并着肩一进了黄村长的八字粉墙的屋里，马上就要了地图铺在桌上借着洋蜡烛的火光看了起来。刘县长立刻出去了，把他一个人留在屋子里。他高兴地把书翻了出来，一面伸出食指在地图上网似的线条上指点着，像一条蚕在那上面爬来爬去似的，细心地计划着。最后他觉得很有把握了，只等刘县长进来，就向他说出自己的意见。他仔细地再看一遍，烛光照亮他的军帽顶和遮阳。忽然听见脚步走来了，进了门槛了，他马上高兴地看着自己手指指着地图上的山脉线条说：

　　"监督，我已经计划好了，我们的队伍就抄着这条羊肠沟上去包围……"

他一面说着，一面高兴地抬起脸来，他立刻怔住了，原来进来的人在举起两手，张开杯口大的口打哈欠：

　　"呵呵呵……"

　　一看，原来是刘县长的听差。他脸立刻红起来，不好意思地走到门外边向外一看，只见天已渐渐明亮，但却显得昏黄而沉闷，他知道这是一夜不睡，眼睛疲倦了的缘故。一群黑点子的乌鸦哇哇哇地叫着打天井上的天空飞了过去；麻雀子叽叽地在乱飞着唱早歌；天井边的一株橘树下的鸡笼内一只黄毛雄鸡扑扑地拍拍翅膀，又伸长颈子叫了起来，四邻的鸡声也跟着唱和；远处的犬也吠起来了。一口晨风吹来，脱光叶子的橘树丫枝扫着墙脊摇摆。他打了一个冷噤，赶快退回桌边来了，烛光已显得淡了，给从门口和纸窗渐渐袭进来的晨光占领了房间当中的方桌，两边靠壁的椅子和壁上挂的屏对都已耀眼地现得分明。那听差已坐在一张椅子上垂着头打盹。他又只得再去埋头看地图，地图上也已给晨光把烛光驱逐开去。他吹熄了烛。他想他们干什么去了？但觉得又不便去寻他们，只得焦躁地等着，看着。渐渐地图上的白光转成黄色，抬头一看，原来太阳的金黄光线已射上窗外的西墙。他又皱着眉头跑到门边看，天井里仍然只是一片讨厌的麻雀声。他掉头来看那听差，只见听差的头仍然垂着，渐渐向下点，一下子点了下去，马上吃惊地醒来，睁开迷糊的眼睛。他忍不住着急地问起来了：

　　"监督呢？"

　　"说是出去打去了。"听差模模糊糊地说。

　　"怎么？"他不舒服地自己对自己似的说，"怎么我的计划都还没有给他，就打去了？"

　　天已大亮，屋子里的桌椅屏对都耀眼地现得分明，刘县长才高兴地走了回来，熬了一夜显得有些灰暗的胖脸闪着微笑，把手向他一挥，说道：

"喝，已经打退了！"

"怎么呢？"施服务员感到一点失望，赶前一步奇怪地问，"怎么我连枪声都没有听见呢？"

刘县长哈哈笑了起来：

"这些土匪不是大军呀！见我们一来他们就吓跑了！不过，"他一说到这里，脸色就严重了起来，"那些匪向着白森镇跑去了！唉，这陈分县长平常不晓得他在干什么的！"

"是呀！"黄村长跟着进来，垂手站在旁边插嘴说，"全村的人都在说陈监督通匪呢！"

"这怎么行？"施服务员忿激地跳了起来，"我们应该追打到白森镇上的。我已经在这儿弄了半天计划了的！"他看着那桌上的地图，心里非常不舒服。

"呵呵，"刘县长赶快向他摇摇手说，"这事情我觉得有点为难，我曾经考虑了一下：我们今天的打匪是突如其来的，事前没有通知过他。假使我们赶过去，陈分县长会慌了起来，他会反过来把我们当作土匪打也说不定的，那我们就糟糕！因为那白森镇是在山上，居高临下，很讨厌的！"

"虽然很讨厌，可是这种事我们不能马虎呀！"

刘县长的胖脸立刻显得很严重，把嘴唇凑到他耳边去，悄声说：

"我觉得这事情很难处，老弟！假使我们进到白森镇上，一定会使陈分县长很难堪。因为人家说他通匪，不管有没有这回事都倒给坐实了。自然我不应该顾虑到这些，但我觉得应该顾虑到军长的面子，因为我们都是军长委下来的人呀！而且他还是参谋长的亲戚！"

施服务员很诧异地看着他，心里想："嗬！原来一般人所谓的世故深，顾虑多的庸碌官吏就是这样的人物呀！这种人作起事来真是误国误民！"他不服气地把两手一拍，和他的悄声相反大声地叫了起来：

"即使他的亲戚是军长算什么呢？难道参谋长能包庇他这样吗？"

"嗳嗳，"刘县长故意怔了一下，现着迟疑似的脸嘴，用右手抚摸着腮帮子闪着眼睛。

"不过……"他又迟疑地说。

"有什么不过不过呢？"施服务员见他那样多"世故"的顾虑，更加忿激起来了。他觉得军长派他来服务，而且自己也抱着理想来服务，现在就正是"建树"的时候了，在这儿应该争取自己意见的胜利。但为了避免引起面前这人对自己反感，他就把声音放低下来带着要求似的口吻说：

"好，你觉得为难，那么你让我带着团丁追去吧！你以为怎样？"

刘县长这才真的感到为难了："假使这'孩子'真的蹦出去，那事情反而讨厌了！"他摸着胡须尖迟疑地慢吞吞地说：

"可是你……"同时心里想只有"那件事"来解救了，于是焦急地望了门外一眼。

"那有什么？你既不便去，又不让我去，我觉得……"

刘县长恐怕他在众人的面前说出不方便的话，于是赶快做出高兴的样子在他肩上一拍道：

"好！这也很好！那么我就借重了！"

施服务员心里又好笑了。从刘县长那变化无穷的态度中，他觉得完全看穿他的把戏了。"他怕死！"他想，"这才是重要的！什么军长的面子不面子都是鬼话！好，我去就是！"

他忽然大吃一惊了，只听见一片嚷声在大门外边腾了起来。几个人都立刻紧张着眼睛掉头去望着门外。但看不见什么，只听见一片乱嚷的声音：

"大老爷伸冤啰……"

"大老爷伸冤啰……"

男人和女人的声音在中间混杂着，哭号着。接着是团丁和听差们大声吆喝：

"不准叫！"

"不准闯进来！"

"你进来，我就要打了呀！有什么事情！说！"

"大老爷伸冤呀！我要亲自见大老爷呀！"

刘县长立刻感到轻松了，站开来大声喊道：

"什么事？"

一个听差跑来说他们是来喊冤的。

"放他们进来就是！"

马上就见十来个农民苦皱着被太阳风雨变得黑红的脸，有的头上包着一片破布，有的光着头现出顶上盘的辫子，把门口堵得黑压压的一拥地进来了，连声喊着"大老爷伸冤"，都陆陆续续跪下地去。两个有着络腮胡子瘦得脸骨棱凸的农民跪在最前面，双手捧着写好了的状纸顶在头上。刘县长用嘴唇一指，黄村长就立刻接过那两份状纸来送到他手上。他对着鼻尖翻了开来，皱着眉头郑重地一行一行看了下去，渐渐忿怒起来了，鼻孔不断地发出声音。施服务员惊异地张开嘴巴把他望着。最后他很生气地把两件状纸向施服务员的手上塞去，忿忿地说道：

"哼，这简直……你看，这这这……真是！"

施服务员着急地等了半天，以为他大概要很凶地叫出什么关于那状纸里的意义来了，但一听完，却等于没有听。他一接着状纸，就赶快贪馋地看了起来，才知道两件都是控告陈分县长的状纸：一件是白森镇的二十个村民的联名，一件是黄村的三十个村民的联名。文体和罪状都差不多，罪状列举十大条：通匪，敲诈，非刑逼供，诬良为盗，纵差苛索，勒逼捐款，收受贿赂，强卖枪支，强买民马，助强抑弱。

他觉得这"助强抑弱"和"敲诈"两条其实都可以包括上面好几条的，但为了凑够十条，也许才这样的吧。

"这真太不成话了！"他看完的时候忿忿地说，"真是该死！"

地下的农民们立刻又一片声喊了起来：

"大老爷伸冤呀！"

刘县长长叹一口气，摇一摇头，道："唉，你看这种事真难办！我从前就告诫过他几次。这种事情，你看，我要不向军长报呢，当然不对，但要向军长报呢，人家又说我正县长排挤他！你看，难不难！"

"这有什么为难？应该要给军长报去就给军长报去！"施服务员看见他当着在诉苦的人民面前还在那样什么"为难"不"为难"的，于是更觉得这"世故"的胖脸庸碌而讨厌了，那脸上还有着一层油汗。

"不过……"刘县长还在迟疑着的样子，眼光直看着他。

施服务员于是忿忿地说了：

"好，你既然为难，那么我帮你给军长转去就是了！我倒不怕他什么亲戚不亲戚！正义应该做，我们就做！"

"对了！"刘县长立刻心里高兴地想，还用手摸着胡须，故意闪着眼睛迟疑了一会儿，随即笑道：

"你转去也好，不过……"

"怎么不过？"

黄村长指着地下的农民们说：

"你们听见了吗？监督接了你们的状纸了。这位委员也给你们伸冤！"

于是十几个人头马上就在地上磕点起来。

施服务员全身都紧张了，感到自己就是正义的化身，高兴着今天能够为人民作点有益的事业。他叫他们起来，不要磕头了，而且很兴奋地挺起胸脯把手向他们一挥：

"好了，你们去吧！你们的状纸我要给你们转到军部去的！"

他立刻拿笔尖蘸了墨写一封信，连状纸一同装进信封里，交黄村长马上交邮挂号加快寄去。

刘县长见人散尽了的时候，轻轻拍着他的肩头笑道：

"你们青年办事的精神的确很不错，说做，马上就做，我很佩服。自然，这件事太严重了，而我的处境确是有点困难。你转去当然比我转去要好得多。不过这回假使没有你在这儿，我也要给军长转去的！"

施服务员只是高傲地笑一笑，心里想："别说那许多风凉话好吧！你们这些世故深的人办得了什么事！"

他们回进城里的时候，刘县长完全在胜利的愉快中沉醉而且兴奋了，像喝了无数瓶甜美的葡萄酒似的，整天胖脸上油光光的。施服务员在自己的房间里老远就听见他和司法官庶务们随时在玻璃窗里发出高声的谈笑。司法官们都走开了的时候，施服务员出现在天井边，刘县长还一点也不疲倦地，又忍不住请他到自己的房间里来，隔着办公桌对坐着，喝着浓浓的香茶，讲着陈分县长的事情。讲到紧张的时候，他立刻禁不住偏了脸故意问施服务员道：

"据你看来，军长对这事情会怎么办？"

"当然撤职查办！"

"那么我这衙门里又要添一个犯人了！"刘县长把两手一拍，忘我地哈哈笑了起来，"不，不，是犯官！"他立刻修正道。同时觉得自己从来是讲涵养的，这样放肆露骨地谈笑不大好，但心里太痛快，就像煮沸了的滚油似的，总是向上波动，向上跳舞，实在忍不住，仍然说下去，"犯官自然不好把他关到监牢里的罗！我已经想过了几回，怎么办呢？假使有一天军长的密电忽然来说：'仰该县长，即将该分县长逮捕拘押，听候另令法办。'那么怎样办呢？"他故意张大眼睛望着施服务员，但不等他回答，他已伸出食指指向玻璃窗外斜对面的一间房间，施服务员顺着那指尖望过去，就正是自己房间的隔壁。

"你看吧，"刘县长笑着说，"我看只好把那房间叫人给他打扫出来了！门口给他派两个背枪看守的团丁。自然，我想脚镣是不好给他上的，你以为怎样？"

施服务员同意地点一点头。

"可是不上脚镣又有点不放心呀！"刘县长又哈哈笑起来了，"而他的吃饭自然不好同牢里一样的，那当然该我掏腰包的罗！哎呀，我想着想着有点难过起来了！我们从前都是常常见面的熟人，现在忽然要叫我把他关起来了！如果他在对面的窗口伸出头来说：'喂，刘监督！你早呀！'唔，这情景太残酷了！"他马上拿两手就把眼睛蒙了一下，好像真的就看见那难堪的情景似的，心里真的难过了一下，但他生怕这愉快给暗淡下来，立刻把这抛开，又哈哈笑起来了。

"好，我要请问你，"刘县长又说，"据你看来，军长会委什么人来接替？"他说到这里，就把两手伏在办公桌沿，胖脸凑前一点，两眼含笑地紧盯住施服务员。从那眼色看来，好像说："你有希望吗？"

施服务员的心里立刻咚地跳一下，好像被一把铁锤在后脑一击，是重重的一击，有些发昏了。这实在是从来不曾想到过的，这简直是第一次，一种那样奇怪的念头居然像草似的在心里生长了起来："也许是该我的吧？因为这回是我报告去的！"他不由自主地想。

"不知道。"他惭愧地红了脸。他实在忍不住了，倒反过去问他："不过，你看呢？"

"据我看来，你大概很有希望吧？"刘县长玩笑似的，但心里忽然也希望能够这样，一方面考虑到这样的人容易对付；另一方面自己的身边又少了一个掣肘的人物。为要加强这个想念，他于是更加确定地说道：

"我看一定是这样的！"

施服务员完全紧张了，心里别别别的好像有个皮球似的在那里乱

137

跳。脑子里忽然又接着来了一个念头："想不到我在毕业之后不久，居然要在所有同学之上了！"

他回到自己的房间躺上床去，头落在枕上，全身都好像感到泡在温水里似的发热，那一个思想固执地紧紧抓住他。他拿两手弯在枕上紧紧抱着头，渐渐地开始计划起来了：一到了任，首先第一步就着手调查户口的工作，把白森镇管区内的人口先有个确实的统计；第二步就把他们平均地划分出来，分成若干个单位，每个单位抽调出若干人来训练；第三步就派他们回去办平民学校，训练所有的人民；第四步……第五步……

他越想越兴奋起来了，居然想到军长传令嘉奖，说他是顶好的模范，而且提升他为管理全县的县长了，于是父亲母亲都接到任上来。

刘县长每回和他在天井边遇见，两个老远就发出会心的微笑。

"军长的回电该快来了吧？"刘县长掩不住自己的高兴，大声说。

"我看是该快来了！"施服务员也掩不住自己的高兴，大声说。

"那么我们这里又要多一个犯人了！"

"那自然罗！"

终于军部里的电报来了，刘县长一从端正站着的听差手上接过来的时候，高兴得手指都发抖了。马上站在办公桌边，在玻璃窗射进来的光线中拆了开来，只见那电报纸上由左至右横行地译好了几行字——

刘县长鉴陈分县长着即撤职遗缺本部遴选干员接充刻日首途来县至该员未到任前仰由该县长暂行兼代　军长×印

他看到"撤职"这两个字，非常地高兴，嘴唇开几乎要笑起来了。但仔细一看，却怎么也找不出"逮捕""查办"这些字，他的笑立刻收敛了。他想这一定是参谋长帮他的忙了，心里感到了一阵慌乱。即到看见"暂行兼代"几个字，他完全软了，两手垂下来了。他全身无力地坐到虎皮椅子上。他想："这简直糟透了！大事去了！放虎归山了！现在不能办他，他倒可以从从容容弄些证据到军部去捣我的蛋了！而且更糟的是还要我去'暂行兼代'呢！"他不由得忿怒地在桌上一拍，喃喃地说起来了：

"哼，'兼代'！这简直是拿大蜡烛给我坐！[1] 要是给我长久兼代下去，那未尝不好，但这顶多不过一个月！交代还没有接清，马上又要交代出去！陈分县长是要去的人，他在交代上玩我一点花头我就吃不消！而且他一定要干的！那么撤职查办的倒不是他，倒是该我来了！这算什么？这是什么办事？这简直明明叫人坐蜡烛！"他对于军长渐渐不平起来了，在桌上又是一拍，气愤地说：

"这种军人政治简直是太'那个'了！他们就从来不体念我们官吏的苦衷！"

他知道命令是不能违抗的，感到了非常痛苦。正在皱紧眉头的时候，眼前忽然来了一道光，立刻发现一个可以免除这灾难的办法了，因为他看见施服务员正在天井边兴奋地笑着向他走来，老远就大声地喊：

"监督，电来了么？"

"来了来了！"他赶快变得高兴地说，胖脸腮都笑得耸了起来。立刻请他坐在旁边，很坦然地把电报送到他手上。施服务员拿着一看，顿时不笑了，嫉妒地看了刘县长一眼，讪笑地说道：

"给你道喜！这真是又骑马又坐轿的喜事！"

"呃呃，不敢当，不敢当！"刘县长谦虚地点一点头说，"咳，军长对我是太厚爱了，我真是不知道要怎么说才好。"他微笑着，把头仰

---

[1] 坐蜡：为难、受困窘的意思。

靠在椅背顶上，安静地看着施服务员的脸，注意着他的变化。

"那么你什么时候去接事？"

刘县长立刻皱起眉头了，两眉之间那片肉皮都挤成川字，摇一摇头说：

"唉，我正愁着。现在正是冬防期间，事情特别多。我这里的公事已经堆得办不清，还到白森镇去接事，那简直要透不过气来了！虽然每个月可以多收入一百四十元。"他为要加重这语气，特别对着施服务员的眼睛全伸出两手的指头来扬一下之后，又单把右手伸着四个指头来扬一下，"可是一个人究竟只有这许多精神呀！不过，我有点奇怪，军长怎么没有委你去？"

施服务员的圆脸立刻通红，连耳根头都红透，不说话，只是轻微地叹一口气。

刘县长看出他的意思来了，索性再逼进一句，很认真地睁大眼睛：

"据我看，如果军长委任你去兼代，是最适当不过的。照我看来，你的才能，比陈分县长高超得多了，不说去任分县长，就是任县长都是绰绰有余的！"

施服务员非常感动了，眼睛不转地望着他，好像说：是呀！他于是对这社会感到不平起来：像陈分县长以至眼面前的刘县长这些人和自己比较起来算得什么呢？但他们竟是县长或分县长，而自己竟是每月三十元的服务员！但他只是叹一口气，苦笑地说道：

"我们才毕业不久呀！而且照年龄说起来……"

"年龄算什么呀！"刘县长非常认真地说，"甘罗十二还要为丞相呢！何况一个分县长！你去干是再适合不过的！"

施服务员见他这么一层一层逼进，好像知道他的什么意思，但一看他那泰然的圆胖脸上闪着两只平静的眼睛，又见得并不像。他有点惶惑起来了，脸更红了起来。心里好像这么说着："你这玩笑开得多么残酷呀！"

刘县长看准他的眼色，停了一会儿，又把胖脸一偏，带着很认真的咨问的口气说道：

"我们还是来谈这件事吧。你帮我想想，老弟，你看我怎么才好呢？事自然要去接的，可是我忙不过来呀！"

"你有什么忙不过来呢？"施服务员苦笑地说，"去接了就是了呀！"

"但我这里哪能放得手呢？"

"这里你交给司法官帮你弄弄不是一样么？"施服务员见他说得那么诚恳，觉得刚才自己的那种思想太可笑了，而且有点无聊，于是也认真地给他出主意了。

"但我想请一个人帮我去接就行了，我想司法官……"刘县长一面说，一面锐利地探视他的眼光，见他怔了一下，而且有点惶惑，他于是抓紧机会说下去了：

"不过呢，司法官也很忙呀！你看我简直离不了他。收发师爷也不行，庶务师爷更走不得！唉唉，老弟，"他突然把声音放低下来，"我想同你商量一下，打算请你……"

施服务员全身都紧张了，两眼顿时发光了。

"我想请你帮我一下忙，薪水每月一百四，我们两个对分。你看怎样？"为要使他答应得爽利，索性再扯一句谎道："军长虽是委了人，不见得很快就来的，这一去大概可以干好几个月呢！"

施服务员开头非常高兴，但听到后来，突然迟疑起来了。心里觉得他这么坐着不动，平白地就享受那一半，未免又太不对了！他答应了去帮他接事，但同时提出来考虑：在第一月刚刚接事，预想一定很忙，开销也一定大，他希望在第二个月来平分。刘县长马上拍拍他的肩头，慷慨地笑了起来：

"好，好，就这样吧！你老弟肯帮我的忙，那我还连这点小事都不答应吗？好，我马上就给你写一封去陈分县长那儿接事的信。我想他也一定得了电报，准备好交代的了。顶好你明天就上路吧。不过，"他马上非常事务的脸色严重起来，"我有件事要先向你说明：分县署应办的事情，只是属于'违警'方面，凡关于法律诉讼的案件都应送到我这里来，以明职权。虽然你去是帮我的忙，你在那儿办事也就是帮我办事，但这种职权还是应该分清，以免人家说闲话。你以为怎样？"

"那当然是这样。"

施服务员兴奋得很，第二天，他穿着蓝灰色的军服，挂着斜皮带，披着一件黑呢外套，骑一匹黄马，马屁股后跟着一个他在家乡带来的听差，在白森镇外的乱石路的斜坡上出现了。马跑了半天，已经很疲倦，鼻孔喘喷着白汽，它那打着闪闪的四脚不愿意再走似的慢慢移着。

施服务员的胸脯鼓动着，张着鼻翼饱饱地吸了一口新鲜空气。他觉得从前那次来的时候，只感到这地方的偏僻，穷苦，腐败和荒凉，但此刻竖直在这马背上一望，奇怪得很，眼前的景物都好像变得亲切了起来似的。只见这矗立在一个突出的山边并不宽大的平地上的白森镇，瓦屋连绵不绝似的互相拥挤着，延伸着，白的墙壁，灰的瓦楞，都非常耀眼。镇的周围给一圈白桦树林包围着，虽然已都脱尽叶子，向着灰暗的天空舒服地伸着无数丫枝，但都觉得很自然而且可爱。在镇的左方，是洼下去几十丈深的土黄色的盆地，中间一条弯曲的小沟蛇似的爬行着；沟两旁疏疏落落散着二三十家草屋，屋顶上在冒出模糊的炊烟，好像玩具似的；羊群在那些人家旁边散着无数的白点和黑点，一口风送上来一阵咩咩的声音。镇的右方渐推出去是一些更高的山峦，一峰连一峰高了上去而且渐渐远去，现出淡色的弧线，在灰暗的天幕下闪亮着一点雪光。这一切看来都觉得别有一种风味，庄严而且雄壮。同时也就感到自己就要是这地方的主管人物了。

"是的，我要把这个地方建设起来的。"他在马上一面看，一面想，"主要的，要使得人民全都有智识，丰衣足食。那山下水沟两旁的人家，要使他们懂得在沟边多植些柳树和桃树，春天一来，夹岸都是桃红柳绿。草房子自然好看，但要使他们的生活提高，应该改换成瓦屋，中间建一间平民学校。农民们从田里做了庄稼回来，放下锄头，就抱着书本到学校去……"他忽然吓得一跳了，几乎一个倒栽葱栽下马来，因为其时马的前蹄在那乱石头路上的石缝里陷住了，前两脚就自然而然跪了下去。他脸色发白，赶快两手抓紧马鬃，这才没有栽下去。听差赶快跑上前来抓着马嘴的笼头，把马头向上拉，但马只是把嘴筒翘起，从鼻孔很响地喷着白色的水蒸气。"这路是太不行了，"施服务员两手紧紧抓住马鬃趴在马颈上想，"将来得改造过，修成很平坦的马路，可以在上面跑汽车。"

"起来！"听差提着马嘴，涨得脸红地喊。马仍然无力地望着听差，喷着白汽。

有两个人从镇口出来了，一到了马的旁边就站着，张开嘴巴呆看。施服务员立刻亲切地望着这两个人，是两个晒得黑红的做庄稼似的汉子，右边的一个年青一点，两眼很灵活，脸上的皮肤只有些微的褶皱；左边的一个就简直满脸都是褶皱，像一个风干的香橙，两眼显得呆滞。都在头上包了一圈黑布，身上穿着才及膝头的蓝土布的长衣。"这就将要是自己所管辖下的人民了！"他想。

那年青的一个关心地皱着眉头，伸手指着听差说：

"请这位先生下马来呀，马才好起来的。"

"不错，这些人民也很聪明，教育起来也很容易的。"他一面想，一面说：

"好，我下来吧！"

那满脸褶皱的一个却说：

"来，我们帮他拉！"

　　马见他两个向头前走来，吓得向上一挣，施服务员正在一面准备下马，一面想："我一定要把教育普及起来，这才是根本——"他还没有"根本"完，马已一跳起来，连人带思想把他甩下鞍去，他这才叫了一声，从幻想里惊醒，吓得脸色刷白，幸而还两手紧紧抓住马鬃，算是没甩躺到地上，但他赶快蹲下身去，抱着了在那将要改造成马路的乱石上跌痛了的脚尖。

　　那两个人在旁边出声地笑了。

　　施服务员好像感到伤了他的尊严，脸红起来，心里非常不舒服。于是站起来，挺起胸脯，跳上马背。马好像生了气似的，窜着头就乱七八糟地向镇口跑去。

　　镇口有一个木栅子，已经朽了，只剩了一个架子，两扇栅门已经生满苔藓，破败地倒放在两边的墙根。架子上面的横梁上有一条横木有一端已脱了钉子，斜斜地吊了下来，和上面的横梁成一个折角三角形。那横木的方楞已经破碎，显得乌黑地吊着。他想：

　　"在这样的冬防期间，这样的栅子是不行的，将来得把它改造过。而且那吊下来的横木容易打着头……"

　　他这样想着的时候，马已跑到栅子，呵呀！横木已逼到额头。他赶快伏下身子，那横木这才打他顶上滑过，他就跑进栅子去了。转一个弯，街道就在眼前呈现出来。

　　街道很狭窄而且很短，一转弯过来就可以一直看到镇尾，看来只有四五百人家，两边屋檐对着屋檐不过一丈多宽，暗灰的天空用很微弱的光线照着街路，街上在刮着冷风，没有一个人，就只有些草节、鸡毛和纸片在贴近地上的破石板飞跑跟着扬起来的尘土。街道两旁的人家都紧紧地关门闭户。就只一家的门前竖着给死人做法事的旗杆，阶沿上烧着钱纸，门里面在响着和尚念唱的声音和铙钹铜锣的声音。

"这市镇太不像了，做买卖的也没有！"他想，马在乱跑着，"我应该怎样把它兴旺起来，像一个样……"

忽然几个和尚敲着铙钹铜锣走出街来了，咚咚喤喤的，接着是一阵炮仗被抛出街心砰砰訇訇地爆炸起来。马吃惊地一跳，倒转头就跑。他慌得赶快抓紧辔头，好容易才勒住。他想：

"这太不成了！几乎又把我甩下马去！这里人的迷信还是这样深！将来我一定要破除他们的迷信……"

在一家旅馆前下了马来的时候，他决定地想道：

"是的，我一定要好好地来它一下！"

旅馆主人是一个年青小伙子和一个老婆婆。那老婆婆，满脸褶皱，拐着小脚儿跟着她儿子在门口把他迎接着，问他是做什么的。他毫不迟疑地说："来分县署接事的！"他一面想："这里女人还都是小脚，这都是没有知识的缘故，将来也要改造她们的脚。"但他还没有想完，那老太婆已拐着小脚儿马上带着消息跑到隔壁几家邻舍讲去了，很快地挨家挨户都传开了，而且很快就传进分县署里去了。

陈分县长正在忙做一团，在准备办移交。他坐在办公桌边，打纸窗透进来的灰白光辉照着他昨夜失了睡眠今天又忙了大半天的灰白猴子脸。皱着眉头，两眼贪婪地在看手上翻着的清册。

在墨盒下压着一个纸条，上面有一行字道是：

"此仇不报非丈夫！"还有"刘"字和"施"字，已被点上两点重重的红点，这算是判了死刑的记号。

他忿忿地看那纸条一眼，又心慌地翻起清册来，一面咬牙切齿地咕噜着：

"好！你两个狗东西干得我好！只要我在这里走得脱，回了军部的时候，就要叫你两个认得我老子！……"

背后的一间庶务室，在不断地响着算盘声，的的打打地，总是那么焦躁地厌烦地响着。前面的一间文牍室，不时听见文牍在转动身子，压得竹椅察察发响，或者嘴里咕噜着翻响着卷宗柜。收发师爷在外边大声地讲话，有时忿怒地骂着差人：

"不行不行！你们一定要赶快去！限今天办好来！我们就要交代了！"

这些声音都讨厌地刺着他的耳朵，使他感到焦躁和忿怒，忍不住又向那纸条瞪一眼，并且拿起红笔来再又重重地向那"刘"字和"施"字点了两点，算是又处了一次死刑。随即他又焦躁地拉一本收支账簿来翻看着。他一边看，又一边心慌地想着在交代时必然要遇到的可怕的挑剔和为难，因为那刘县长是一个办这种事情最辣的熟手！他想到了那可怕的监狱，心里就更加慌乱了。

"唉唉，偏是这狗东西来接我的交代！"

他刚刚一看见自己的听差慌慌张张跑进来向他说：

"监督，接事的已经到镇上了！"

他苍白的猴子脸立刻慌得更加苍白，眉毛不再扬起，而是紧逗着，发怔地看了听差一会儿。他不愿再讲话来浪费时间，马上就慌慌张张地抓起一本簿子跑进庶务的房间去了。

庶务是一个长脸，也慌张地斜侧着身子把他望着。他把账簿摆在庶务的面前，两眼闪呀闪地一下又看着账簿，一下又看着庶务的脸，着急地用食指重重地在簿子上点动着：

"你看，这一项庙款你还没有弥补好，那老家伙一眼就会看出漏缝来的！这一笔罚款你也要把它改写过才好！我看这事情不能再迟了！快些！"

他立刻又慌慌张张地跑出去了。在天井边看见那戴圆毡帽的收发师爷正在和两个差人说话，他赶快向他招招手道：

"来来来！"

收发师爷一到面前，他就皱起眉头问他：

"那梁大贵的枪钱缴来没有？"

"还没有呀！监督！"

"快快快！老哥，我看只好你亲自去跑一趟了！要不然，这钱我们就没有希望拿了！去！快些！"

他把他的肩膀一推，又慌慌张张地转身。厨子把一张揩布在肩上一搭，赶快抢前一步说：

"监督，开饭来啦？"

"忙什么！"他不停步地怒声向厨子一吼，就慌慌张张向文牍的房间跑去了，在门口忽然碰一个满怀，胸口撞得砰一声。一看，正是光着头的文牍手上捧着一卷宗的公文，麻脸吓得青白，在小心地按着他自己也撞痛了的胸口。但大家都没有工夫说痛的话，只是皱皱眉，就向里面走去了。

一会儿，他走出文牍的房间来，就烦恼地猛抓了一阵头皮，一面嘴里喃喃地埋怨着：

"唉，简直糟透！这许多案件他平常不晓得在干什么的！临时才来问我！乱七八糟！"

一面脚步不停地又向庶务的房间跑去了。他就这样忙着，穿花似的跑着，心里着急着，到了回到自己的办公桌前的时候，他已满额头都沁出了汗水珠。纸窗上灰白的光辉照着他那很难看的脸。他疲倦了，坐下来了，那张纸条的字又映入他的眼帘：

"此仇不报非丈夫！刘，施！"

他气忿忿地一把就抓来撕得粉碎，抛了开去，立刻又全神贯注地埋头查看着清册。他已没有别的思想，就只是一个尖锐的念头，像一个钟里面的锤子似的单纯地响着：

"要快！要没有漏洞，拼命地干完了这些再说别的！"

听差送进施服务员的一张名片和一封刘县长的信来了。他一把接过手来，一看，非常吃惊了：

"这家伙来干什么呢？难道他告倒了我，还要到白森镇来监视我，再打我一个'下马威'吗？"

他这么一想，脊梁上立刻掠过一个寒噤。他又想到了那可怕的监狱。只是奇怪的是刘县长怎么没有亲自进衙门来，倒是送一封信来？他立刻拆开信来了。紧张地，两眼贪婪地看着信纸。一会儿，他的嘴角闪出微笑来了。到了看完的时候，他几乎要快活得跳起来了。

"他是几个人来？"他兴奋地转过脸去问。

听差赶快端正地说：

"只有他一个人，监督。"

"不，我是问你，他是几个人到镇上来？"

"是呀，只有他一个人，监督。"

陈分县长终于忍不住跳起来了，一跳就跳进文牍的房间，他把两手一拍，眉毛一扬，高兴地喊道：

"王师爷！是那娃儿来接事了！好了好了，这下子放心了，可以马马虎虎了！"

文牍师爷立刻紧张地向他面前迎来，庶务师爷在那边听见也跑来了，收发师爷也跑来了，都紧紧地围着，抢着把鼻尖伸到信纸上。不一会儿，几张脸都快活起来了。

"好，"陈分县长把手在空中一挥，说，"我们来吃饭好了！妈的瞎忙了大半天，肚子都叫起来了！"他马上就叫听差去把饭摆起来。

"监督，那施委员在会客室等你呢！"

"忙什么呀！"陈分县长向他喝道，"难道他没有屁股吗？让他多坐一会儿再说！"他立刻掉过脸去，眉毛一扬，拍了王师爷的肩头一下笑了起来：

"这娃儿来得太好了！你看我要老老实实耍他一下！——去赶快把饭摆来呀！"他又掉过脸去催那刚走出门的听差说。

他实在太快活，几乎想唱起歌来了。

"来来来，大家到我房间去吧！"

他走在前面，三个跟在后面，一同到了他的房间。好像变把戏似的，不知怎么一下，三个都忽然看见他的手里已拿着一个酒瓶了。

"现在好啦！"他笑着，拍了王师爷的肩头一下，因为他们是在中学时的同学。旁边两个都嫉妒地看了王师爷的肩头一眼。陈分县长在这时的两只小眼睛都又灵活起来了，狡猾地转动着，眉毛自然而然地扬了起来，那有点弯曲的尖鼻子都发了光，薄嘴唇俏皮地不断开合着：

"好啦！现在可以轻轻松松地滚蛋啦！明天我们大家都又是老百姓啦！人生几何，快乐无多！还不来快快活活一下，干吗？来，你，王师爷，你是会喝酒的！你喝一杯！"他拔了瓶塞，倒在一个杯子里，酒花在杯口浮荡起来。"你，沈师爷，你也是喝酒的！我知道今天你的收发处忙得一塌糊涂，辛苦了你！"他望着收发师爷倒了一杯，另外又倒一杯递给庶务师爷，"你，老表弟，你虽然不会喝酒，也来这一杯吧！"接着他又给自己倒一杯，高高地举了起来，兴奋地演说似的说起来了：

"朋友们！这一回你们同我从家乡老远来帮我的忙，都辛苦了你们啦！我姓陈的总算还问心无愧，大家都算并不空囊而归。不幸的就只是我这回受了这个打击！可是我，"他立刻用左手的食指指着自己的鼻尖，加重着语气，"我说过，我姓陈的也并不是好惹的！看着吧，我总有一天要叫他们认得我！来，大家来干一杯！"

三个都立刻把杯子端起来，同时举到嘴边喝了下去，伸缩了一下喉核，又照一照空了的杯子。

"好！痛快痛快！真是半个月来没有这样痛快过了！成天就为那要来的事情担心着。现在也终于来了！好了！这算什么，我们去干新的！"

他看见面前的三个——这从昨天一得到军长的电报起，就被自己催促着抱怨着的三个，在几分钟以前大家都惶恐地摆着一个难看的面孔，而现在一下子都开心了，快活了，一切愁眉苦脸的神色都变把戏似的顿时不见了，嘴边都闪出了微笑，他不禁哈哈笑起来了。

听差又跑进来说：

"监督，那施委员又在催了！"

他立刻大怒地掉过脸去喝道：

"忙什么！你叫他等等就是！"

听差嘟着嘴又跑到会客室来了。

施服务员坐在一排茶几椅子的第一张椅子上，皱着眉头见那听差跑了进来说，还请他再等一等，他心里立刻非常不舒服起来，忿忿地想：

"哼，这些人总喜欢摆官架子！一种很封建的臭味！"接着他又想起来了："如果我来呢，我决不，有人一来会，我马上就出来。这会客室一定要重新布置过，像这样面对面靠壁摆一堂茶几椅子太旧式，应该在这屋子当中摆一张小餐桌，铺一张白布，白布当中摆一瓶花，这四把椅子都摆在餐桌周围。这窗子外面还栽点花，使会客的时候，可以闻着一种芳香……"

他站起来走到窗边向外一望，窗外的一个长方的大天井乱七八糟的，遍地是灰尘，有些石板已经破成两块或三块，有一角还不见了石板，成了一个洼，积着一摊死水，反映着灰暗的天光，很难看的。

"这天井一定要把它新修过，叫人经常打扫干净，周围摆些花盆……"

他一望天井对面，是一连三个房间，中间的一间设着公堂，当中一张方桌，方桌靠前一面挂有一张红桌围，上面还摆着笔架和签筒；左边的一间有一排纸窗，柱上贴着一张条子："收发处"；右边的一间也有一排纸窗，柱上也贴着一张条子"庶务处"。几个头上缠布包头的差人在那当中的一间公堂穿花似的跑进跑出。有一个差人牵着一条铁链的一端，另一端是拴在一个穿短衣的人的颈子上的。他拉着那人到了对面房间的时候，戴着毡帽的收发师爷就在那里出现了，在指手划脚地向他们大声吆喝地说着什么，好像吵闹似的。

他心里又忽然痒徐徐地想起来了：

"这都将要是自己管辖下的人们了！可是一个办公的地方应该严肃，不能要他们像那样吵闹似的。我将来一定要给他们规定起一个新的规则来，连收发师爷都在内……至于铁链之类是应该废除的……"

刚才看见的那个听差又在对面门口外出现了，两手捧了一碗汤进去。

"哦，原来他们在吃饭！"他想，心里就更加不舒服，而且觉得自己也实在等得太久了。他又赶快喊着那听差，但那听差没有听他就走进去了。他想：

"这浑蛋！这前任把他们惯得太放肆了！好，我接事以后一定要好好地约束他们……"

又隔了好一会儿，这才看见陈分县长老远就扬起眉毛笑嘻嘻地走来了。一进门来，就把两手一伸请他坐下，爽朗地笑了起来：

"哈哈，好极啦！好极啦！你来接事！我真是非常欢迎！你老哥是学政治的，正好到这儿来施展施展！"他说得非常起劲，到了末尾，就把两手在空中摇动了一下。

施服务员立刻高兴起来了，谦虚地微笑地说：

"哪里哪里，我自己是很浅学的。还望你这有了经验的前任不客气地指教指教，因为这接事的手续我是一点也不懂的。"

"哈哈，彼此彼此。自然有些你不知道的我要向你说。"陈分县长立刻认真地皱起眉头把脸伸向他问：

"你的红告贴出来了吗？"

"什么红告？"施服务员莫名其妙地把他望着，赶快问。

陈分县长心里笑了一下："这傻瓜连什么是红告都不晓得！好，这简直是给我送到手上来的玩意！"他于是更加把眉毛一扬，非常诚恳地说起来了：

"哦！是这样的，凡是新任一到，就要马上把到任的红告贴出来。是用大红纸写的，贴在衙门的外边。"他转过头伸手向门外一指，施服务员跟着他的手指看了一下，他又接着解释说：

"这东西是重要的。要这样，老百姓才知道：哦！新监督来了！而旧任也才好交印。"

"不过，"施服务员迟疑了一下，"可是我不是正式委任，不过是来帮刘监督的。"

陈分县长故意怔了一下，用右手在薄嘴唇上拍了一拍，好像是要点头地说："哦！"但他并没有点头，忽然非常不平地跳起来了，两手很响地一拍：

"怎么的？怎么刘监督不是正式委任你？"他认真地把睁大的眼睛逼着他，见他也很吃惊，于是就叹了一口气，"咳，这刘县长太对不住你了！那么他对你是怎么看法的？"他仰起胸口来，把两手向两边一摊。

"其实他是该正正式式委任你的！"他又把上身弯向前比着手势说起来了，"他一个人只有一个身子，不能兼做两个县长呀！哈，这真想得好！你来给他卖力，他负名义而且拿钱，这是怎么讲法的？而且，你，我，他，"他把手向施服务员一指，又向自己一指，再就指了开

152

去，"都是军长下面的人，怎么他却把你当作他的人使用？咳，这真是太看不起人了！"

施服务员见他那么诚恳而认真地替自己不平，说出那一番道理来，"是的，我来卖气力，而他负名义，还要分一半钱，他是有些太那个了！"他惶惑起来了，有点后悔：当答应他的时候，没有详细和他谈判过。他忍不住轻微地叹一口气。

"我觉得这事情在刘监督是轻而易举的！"陈分县长又逼进一步说，"他只消给你一件委任令，一面呈请军长加委，简直是一举手的事情！"

施服务员想了一想，觉得这完全不错，简直是刘县长太看轻自己了！但他忽然想起一件事情来，说：

"不过军部已委人来了！据刘监督说几个月后就可以到。"

陈分县长马上摇摇手，斩钉截铁地说：

"那是没有的事！那来电上虽是这么说，不过是例行公事的话罢了！你想想看，既然军部已委人来，不过十来天光景的路，马上就叫那新任来接任好了，又何必多费这一道周折？何况这是冬防期间，你想想看，一交一接，一接一交，就要白费很多时间，劳民伤财，而地方上的什么事情都就停顿了，你想想看，这不是不近情理吗？军长的那通电报也不过是敷衍敷衍的官样文章罢了！但你想想看，你现在只是来给他帮忙，没有负名义，将来照你的办法把地方治好起来，向军长报去的时候，算你的？还是算他的？"

这一番话，好像劈面泼来一桶冷水似的，施服务员的一切美丽的梦想都破碎了，消失了，忽然开朗地清楚起来了！觉得自己受骗了！他立刻气忿忿地站了起来，道：

"好，我回去！他这样太不行了！"

陈分县长见第一步已经奏了功效，立刻很有把握地就来进行第二步。他马上爽朗地哈哈哈笑了起来。施服务员脸红了，见他不说话，只是笑，而且还用两手拍着。施服务员弄得难为情起来，问他：

"你笑什么？"

但他还好像忍不住似的竭力大笑着。施服务员有点懊恼起来了，但又觉得那笑里面藏有什么奥妙似的又赶快问他：

"你究竟在笑些什么呀？"

陈分县长突然不笑了，很诚恳地拍拍他的肩头道：

"呵呵，对不住，对不住！老哥，请你不要多心。我首先要请你原谅我，我才说……"

"好，你说吧，没有关系。"

陈分县长好像带着很神秘的样子，扬起眉毛看了他一眼，这才说起来了：

"老哥，我虽然蠢长你几岁，但我觉得你刚才的话究竟太天真了！"

"为什么？"施服务员皱起眉头。

"你老哥是学政治的，怎么这点都不明白？"陈分县长表示尊重他似的加重自己的语气望着他，"这是公事呀！他委托了你，你接了他的信，这就算是你接受了他的委托，互相在法律上承认了。你现在已把信给了我，我已接受了你的信，互相在法律上又承认了。如果你这么突然说走就走了，嗨嗨，老哥，这法律上的责任恐怕你负不起吧？"

施服务员完全呆了。这实在事前不曾想到的。但生怕面前的这人笑话自己不懂公事，于是也故意笑了起来道：

"不，不，我不过说笑话的。我既然答应他了，当然也只好帮他接下来再说了。"

"自然自然，你也只好这样。"陈分县长连连地说，心里好笑着自己已经抓紧了笼头。

大家于是又坐下来，归到交代的问题来。

"不过你还是要把红告贴出去，我才好交印。"陈分县长又事务似的偏了脸说，"因为这是规矩。要不然，老百姓会莫名其妙我们在干些什么的！"

"自然自然。可是我来帮忙的，好不好贴红告？"

"当然可以呀！"陈分县长又把眉毛一扬笑起来了，"你是学政治的人，当然比我清楚的罗！这一个问题，虽是一方面对上的，但主要是对下的呀！只要人民承认了你，对上的问题就好办了呀！何况你又是来全权代理的？你在红告上可以这么写，"他立刻举起右手的食指来在左掌心写着，一面说，"'代理分县长施'。就这样！这是正正堂堂的事，一点也用不着考虑的。"

这把"分县长"的头衔和自己的姓连起来，还是第一次突然地听见，施服务员全身都震了一下。他的脑子里完全被这逼来的念头塞满了，好像塞满了海绵似的，没有一点缝隙再思索别的什么事。就像喝醉了酒般地笑了起来道：

"好，就这样吧。"

第二天一早起来，他就准备去接事。叫听差跟着走出旅馆门口，只见街两旁的人家虽仍然照常关门闭户，但街上已有十几个人来来往往，最多的是向着衙门口走去。有一个二十岁光景的年青人，头上包一大圈布，身上穿着蓝布棉袍，一脸的笑，伸手拉着另一个也是穿着棉袍的人大声说：

"麻哥！喝，施监督的红告都贴出来了，走，我们看去！"

施服务员的心里又震动一下，非常兴奋起来，用着热烈的眼光看他们两个拉拉扯扯地走去。他走到衙门外边，只见在一个墙壁下黑压压地拥挤着二十来个人，都仰起脑袋，在看着壁上贴着的一张大红纸写的告示。有的人还在一个字一个字地念着。

"哦，他们都认识字呢！"施服务员高兴地想。

忽然人丛中谁喊了一声：

"新监督来了！"众人都旋风似的掉过头转身来，诧异而严肃地把他望着。

他立刻自然而然地挺起胸脯来了，昂了头，目不斜视，直冲冲就走了进去。大门里左边的一间房里坐着几个差人和一个门房，都向他恭敬地垂着手站立起来，他看了他们一眼，非常高兴地进去了。

陈分县长扬起眉毛笑嘻嘻地在天井边把他迎着：

"哈哈，好极啦，好极啦！果然你已来啦！"

立刻把手一摆，请他到自己的房里去。马上交代的手续开始了。他刚坐在办公桌边，收发师爷把几份交代清册和几大本收发簿子双手捧着给他摆在面前。他觉得从今天起这收发师爷就是自己的人了，亲切地看了他一眼，是一个戴了一顶毡帽的圆盘脸，看来还并不讨厌，他就翻开清册和簿子看了起来。他刚刚注意看清册上列的项目，陈分县长就向收发师爷递一个眼色，转过脸去，又向庶务师爷望一眼。收发师爷马上把簿子在施服务员正看着的清册上一放，向他说起来了：

"这收发簿是……"

施服务员立刻又看收发簿，刚刚看了一行，庶务师爷又把几大本收支账簿在他面前摆起来了。一会儿，文牍师爷也把卷宗清册送来了。面前立刻堆起一大堆，一张办公桌都挤满了。他已来不及细看这两个人的面貌，陈分县长就请他到天井去接收枪支。他于是站起来，同着陈分县长并肩走出去，只见一个人上前来，恭敬地躬身说道：

"给施监督道喜！"

施服务员一怔地站着，细看这人，是一个方脸，小鼻子，小眼睛，是一张不好看的面孔。身上穿着一件青布面的皮袍，垂在腿边的手上拿着一顶瓜皮小帽。

陈分县长向这人一指说：

"这是李村长。他把团丁带来了。"

施服务员想，原来这也是自己直接管理下的人。顿时觉得那方脸也并不难看了。

李村长立刻退让在旁边，跟在后面走去。

一看见天井当中站了一排十个团丁，施服务员心里有一股说不出的味儿，不知是高兴呢，还是不舒服。原来那十个团丁都没有戴军帽，穿军服，头上都包着一大圈黑布或灰布，有的穿一件长袍，有的穿一件短褂，有的简直穿得很褴褛，像叫花子似的。而他们各人手上拿着的枪倒是乌亮的。

"这太不像样了！"他想，"将来一定要给他们把军服弄整齐点，以壮观瞻。而且我要亲自训练他们的军事……"

团丁们里面有一个喊了一声：

"敬礼！"所有团丁都赶快立正。

他又兴奋起来了，很有精神地向他们在帽檐一举手，还了礼。看完了枪支之后，就很庄严地昂了头向着他们演说起来，最后他说：

"以后大家要把服装弄整齐点。我们来重新整顿整顿。"

"这很好，这很好，"陈分县长在旁边等他演说完，忍不住笑了一笑，向他说：

"老哥，你不要看轻这几个人呢！他们都很会打枪呢！从前这里都只是私枪。这几支枪还是我来才置起来的呢。好，你老哥来整顿整顿一下。"

两个又回到房间来了，忽然吓了施服务员一跳，原来才一会儿的工夫，想不到房间里已被各种东西堆挤得满满的了，几张条桌和方桌，两张柜子，好几把椅子和凳子，一个又高又大的卷宗柜，柜面约莫一丈见方，里面密密层层塞满卷宗，柜旁边还有几盏宫灯，一大叠彩帐和旗子……就好像搬家似的，重重叠叠地堆满一屋，而那立体的卷宗柜却矗立在两张歪斜的条桌上面，一摇一摇地，看来要扑下地来的样子，非常危险。另外好几起账簿清册，把一张办公桌也占据得满满的。

"好，现在我们就来正式交代了！"陈分县长竭力忍住笑，拍拍他的肩头说，"这衙门里的东西已经通通在这儿了。"

立刻，文牍，庶务，收发几个人都在手上拿着清册，这个请他到这一角来，一面指着清册的条项，一面指着堆的桌椅，一件件地查对给他看：这是几张桌子，这是几把椅子，这是……还没有弄得清楚，那个又请他到那一角去，他又跟着去，看他在那摇呀摇的卷宗柜里捡出无数的卷宗来，一卷一卷地点给他看：有些卷宗撕破了，有些卷宗是新的，有些卷宗扑满厚厚的灰尘……立刻，另一个又把他请到又一角去了，他又昏头昏脑地跟着走去。他好像只看见满屋子都是挤得水泄不通的东西，还加上翻腾起来的灰尘在纸窗透进来的灰白光中飞舞。他弄得发昏起来，只是紧张地看着别人伸出的一根白手指头在他发热的眼前指点着，旁边讲说着的话声都好像隔了一道墙似的，时远时近地响着。他一面想：

"这接交代竟是这么麻烦的！"

弄了大半天，这才把清册通通都对看完，他才轻松地透出一口气来。

"好了，"陈分县长把眉毛一扬说，随即拉他过来指着卷宗柜，"现在我们来看看别的吧。说句天理良心话，这卷宗柜以前是没有的。不要紧，不要紧，你不要动它，不会倒下来的！说句天理良心话，这还是我来了之后自己掏腰包做的。我现在也把它搬不走，现在送给你了！"他把腰包一拍，马上睁大了眼睛望着他。施服务员觉得自己现在已是主人，应该对他特别表示一点好感，于是赶快说道：

"谢谢。"

陈分县长又把他引到公堂上去了。公堂上仍然摆着一张大方桌，挂着红桌围，上面摆的笔架，签筒，朱匣，这回才看清楚都是锡做的。方桌后面还摆着一张特别高的椅子，地上则是打屁股的大板子，小板子，以及打嘴巴的皮板子，和拴颈项的铁链子。

"这也是从前没有的！"陈分县长指着那签筒笔架说，"这也是我来以后，自己掏腰包做的。连铁链这些也是我来做的。我拿去也没有用，也只好送给你了。"

"谢谢。"

"我还要给你看看我在这里的建设呢。"

施服务员又跟着去看他的建设。

在一间修补过的破庙门边的门枋上，挂着一块刷了白粉的长木牌子，上面一行黑字道是：

"白森镇平民学校。"

"这也是我掏腰包做的。"他又指着牌子说。

进了庙里，刚走到一间大殿旁边的时候，施服务员忽然吃了一惊，因为那里面忽然嗡的一下好几个声音突地叫了起来，是些念书的声音，在这些声音里，同时响着一片板子啪啪啪地敲打桌子的声音，接着是一个粗蛮的声音吼了起来：

"赶快读！"

他们一走近门边，就看见一位花白胡子的老先生坐在一张大方桌旁边拿着板子在说话，在他背后壁上则挂着一张破旧的黑板。地上横横地摆着四列条桌和条凳，有六个光脚片的小孩挤在一角坐着，埋了头，一面偷眼看外面，一面读着：

"子曰哑学而哑时习之哑……"

"赵钱孙李周吴郑王……"

"人之初哑性本善哑……"

"……"

一片声音非常嘈杂。一个癞头小孩在伸手扯另一个小孩的袖子，那老先生马上气冲冲地走去了。照着癞头啪啪打了几板子，癞头立刻流出脓血。之后，那老先生就赶快向门边严肃地迎了过来。

"这也是我掏腰包做的。"陈分县长指着那些桌凳说，"老哥，你不要看这点点家具，也费了很大的力呢！这地方从来就没有过学校，还是我来了才兴起来的。这也都送给你了，你将来好来普及教育。"接着他就玩笑似的在他肩上一拍，笑着说：

"走，进去，我也把这位教员交代给你。"

施服务员正在出神地看着那肮脏的六个小学生，想着："这太不像样了！而且这教育也太旧！这么野蛮地打人也不行的。我第一步大概就要先从这里整理起来，首先要设置许多很整齐的桌凳，要满堂都是大点的学生……"忽然觉得肩膀上一拍，这才惊醒了，只见陈分县长把眉毛一扬，笑嘻嘻地喊道：

"周老先生，你们的新监督来了！"

那老先生已恭敬地窜着头迎了上来，双手捏做一个拳头拱了一拱。

"这是你们的施监督！"陈分县长指着施服务员很正经地给他介绍说。施服务员立刻全身都震了一下。

"哦，监督！"周老先生非常恭敬地动着花白胡子当中的嘴唇说，又拱了一拱，随即就垂下两手斜侧着身子站在旁边，接着又念书似的说下去：

"监督到这里来恭喜了，教员还没有亲来叩贺，不胜抱歉。"

"周老先生是地方上很有名望的。"陈分县长马上笑嘻嘻地替他介绍履历道，"这是地方上唯一的名儒，能看风水，兼习医术，并且还能够扶乩，也熟悉公事，前年此地打仗的时候，前任分县长跑了，后任还没有来，他曾经保管衙门代理了两个月。"

"哪里哪里。"周老先生立刻非常高兴，但又竭力谦虚地拱了一拱，说。

施服务员完全兴奋了，圆脸都发出微红的光，这一切对于自己都是新的，人们都对自己一式地低头，他这才更加清楚地感到：自己真的是这地方唯一在上的分县长了。

回到分县署，进了房间的时候，他简直兴奋得把右手一举说起来了：

"据我观察起来，这地方的人民都很良善，我想将来建设起来，大概总很容易的。"

"不错不错，"陈分县长认真地拍拍他的肩头说，"你老哥来，还有什么说的呢？"他马上简直称起他为"政治家"来了。"政治家的眼光究竟不同凡俗的，一眼就能看出政治的症结。好，我预祝你这大政治家的成功。"他见施服务员完全感动了，立刻趁势问他：

"这一切都已清楚了么？"

施服务员高兴地点一点头说：

"都清楚了！"

陈分县长马上就拿出一张"接收无讹"的"切结"来摆到他面前，请他盖章，以了手续。施服务员这才忽然清醒了，原来他问的"清楚了么？"竟是交代这回事。这迟疑地想了一想，似乎清楚了，似乎又不大清楚。但怎样不清楚呢？又想不起来。他最后的解决办法是，反正这些都是三个师爷经手的，他们当然清楚，将来随时问他们就是。"马马虎虎！"他想。于是在"切结"上盖了章。

"好，现在我们已'公事毕，然后私事'。"陈分县长收了"切结"，抱出几十本书来，放在办公桌上，指着道："这《六法全书》也是我买的，但我带去也没有用。"

"那么也送给我么？"施服务员知道他又要这样说了，玩笑地抢着说。

"不，不，"陈分县长急得脸红起来，"这个不好送。老哥，因为我已两袖清风了，"他为要遮去自己的着急，特别加重了手势，把两袖甩了一甩，"老哥，说给你不要笑话，我这回真的连盘川钱都不够了。我想卖给你。"

施服务员迟疑地把他望了一望，就翻起书来。

"这东西是很重要的呵！"陈分县长认真地凑近脸去，指着书说，"没有这法宝你就审不来案子。你买吧。我买新的时候是二十块，现在彼此都是好朋友，让价点，十块钱卖给你。"

施服务员怀疑地抓了一通头皮，笑道：

"不是说分县长不能管关于法律诉讼的案子么？"

"谁这么说的？"

"刘监督说的。"

"这简直放他的狗屁！"他一提到这个就忍不住忿怒起来了。

"你想想看，一个分县长每个月一百四十元，除了收发，庶务，文牍，听差，厨子，这些开销下来，还剩几个？不问点案子，难道去喝风吗？我只晓得从来的分县长都是这样的！法律上都规定了的！"他说得太兴奋，简直滑口说道，"说给你老哥听，刘监督就是为这件事和我闹别扭的！但在法律上他拿我没办法，才用出卑劣手段来打倒我的！老哥，你也是被他利用了呵！"

施服务员大吃一惊，脸像火砖似的通红起来。想起那一封在黄村长家里转给军长的信来，心里立刻恐慌了。"莫非他也知道了么？"他着急地想。觉得有点很难受，有点对不住面前的这个可怜的"倒了台"的人，他一时说不出话，只昏乱地把他盯住，怕他再把那事说下去。

陈分县长却非常诚恳地说起来了：

"老哥，我说句真心话，这事情刘监督太对不住你了！他请你来帮他代理，连诉讼都不管，那还成什么分县长？他才多么舒服呀！你帮他卖力，而他名利双收，这的确是聪明的办法！哈哈！哈哈哈哈！"他仰起头大声笑起来了，"你想想看，既然只管'违警'案件，那就索性叫做警察所好了，又何必要叫做分县长？"

施服务员觉得完全不错，同意了。马上拿出十块钱把《六法全书》买定下来。

陈分县长一个一个地把银元在桌上敲打一通，有一个的声音有点哑，他又把它用拇指尖和食指尖夹着，提在嘴上一吹，马上就提到耳边听一听。他说：

"银元是好银元，可是请你调一调。因为是好朋友，我已经让你一半的价钱了。"

"好了，"他一手捏着调过的银元，一手伸了出来握着他的手说，"老哥，我真是轻松了！真是'无官一身轻'了！后天就要走了！祝你的前途无量。好，我们再见吧！"心里却在高兴地说：

"这一下我才慢慢地叫你前途无量呢！"

施服务员望着他诧异地说道：

"你到哪里去？"

"怎么，你已搬进来，我已搬出去了呀！"

施服务员这才恍然大悟，原来早上看见的这房间里的床铺已不见了，他于是一直把他送到大门外，觉得自己已经是这里的主人，很庄严地点了头之后，还客气地说：

"没有事请到我这里来坐坐。"

他一转身，看见这自己住下来的衙门非常愉快。想象着：一进了自己的房间，坐在办公桌边，师爷们都就要来围着他这主人请示此后的办事机宜和施政方针。但他跨进大门的时候，发现门房里看门的不见了，几个先前在那里面坐着的差人也不见了，非常清静，就只门房斜对面靠进去一点一间雀笼子似的木条拦成的拘留所里面关着两个叫花子似的人犯，在冷得缩做一团发抖。他生气起来："这些差人一点规矩都没有！这成什么样子？假使这些犯人越狱跑了呢！"他这么想着，决定去叫收发师爷把他们叫来，向他们训一次话。他一路很庄严地高声喊着："沈师爷！"但只有空洞的天井嗡地回应了他。他奇怪，怎么他也不见了？他走到收发处一看，里面桌椅板凳都没有了！空了！就只有一架孤零零的床架子在一个屋角四脚孤立着；壁上粘着一些破烂的纸条被风吹飘着。他忽然诧异起来了："这是怎么呢？难道收发师爷也走了？"他于是跑到庶务室去，里面也只是一架空床架子，满地撒得是铺过床的稻草。他又跑到文牍室去，里面的地上就全是稻草。只听见瓦楞上呼啸着风声，呼呀呼地一阵响过去，外面的树枝也发出摇摆声。这简直是一个打击，一个闷棍的打击。他立刻呆了，完全头昏了。忽然凄凉地觉到：偌大一个衙门，和早上的热闹对照起来，现在简直寂然了，真是如入古庙，寂静好像张开了空洞的大口，要吞噬了人。他呆呆地站了一会儿，单只听见自己办公的房间里有着窸窸窣窣的声音，那是自己的听差在那儿收拾东西。

"这还成个什么衙门呀！"他想。

他气忿得两耳嗡地鸣叫起来，脊梁上掠过一道寒流，一下子暴怒地跳了出来，大声喝道：

"他们几个师爷哪去了？"

听差正在那儿伸着两手用劲地搬移着那在两张歪斜的条桌之上高高地摆得很险的高大卷宗柜。卷宗柜在发抖，他的两手也在发抖。柜子已斜向他压来了，他急得脸都涨红，闭紧嘴巴竭力撑持着，想把它移拢去。

"你没有耳朵了么！我在和你说话！"施服务员简直忿怒得想跳

过去捶他一下。

听差竭力忍受住上面压下来的重量，慢慢吃力地转过涨红的脸来，从牙缝里透出两个字：

"他们——"

哗啦一声，听差立刻不见了。卷宗柜像排山倒海似的扑下地去，无数的卷宗跳舞起来，好像腾起一道黑烟似的灰尘冲了起来，立刻扩张了势力，占据了全个房间。全个房间就都笼罩在浓雾中了。

施服务员又气又急，只是在地上乱跳。

"委员，请你拉我一下！"在看不见的地方发出了这一个微弱的声音。

施服务员这才跑过去了，首先把那个大的卷宗柜搬立起来。这才看见一个灰人从卷宗堆里钻了出来，这就是听差。他忿忿地指着听差的鼻子大骂一顿。他知道这卷宗是顶重要的，赶快蹲下地去收拾。他一面掉过头吼道：

"弄出了祸事来，你还老爷似的站在那里看什么？收拾呀！你这家伙！"

听差不敢说什么，竭力忍住腰，背，肩，各处的疼痛，蹲下地去收拾。好一会儿施服务员站起来的时候，也变成了一个灰人。他看见那些满桌满地的灰，以及那些给灰尘封了的重重叠叠堆得乱七八糟的桌椅台凳等等，简直气得他想要打人或打东西。他马上问着听差：

"那些师爷呢？唔？"

"委员，他们交卸了，都搬走了！"

"什么？唔？"

"我刚才听见他们的听差说的，说是他们后天就要跟陈监督回乡去了。他们是陈监督带的。委员！"

施服务员完全软下来了，明白了。原来这些人全要自己带的！那么怎么办呢？他感到了孤独，感到好像受了欺侮似的，一股气忿在肚子里直涌。他又忽然问起来了（虽然自己也知道这话是不必要的）：

"怎么他们走了我都不知道？"

"委员，我看见他们搬走的，是委员同陈监督到学校去的时候。"

他忽然好像发现听差的错处似的大吼了起来：

"你在干什么的？怎么我回来你都不向我报告？简直不是东西！"

他在桌上咚咚咚捶了几拳，但还是觉得很气忿。他把两肘撑着桌沿，两掌捧着下巴，呆呆地望着桌上盖满灰尘的东西：清册，账簿，文件，许多许多乱七八糟的东西。他想起早上的交代情形来了，他们究竟交了些什么，自己都像糊里糊涂的。假使这里面有什么不清，有什么错误，那自己不是要负很大的责任么？而自己已经是在"接收无讹"的"切结"上盖了章的，那不是已担了干系，要代人受过？他想起了拴颈子的铁链，想起了刘县长指给他看过的自己隔壁的那间准备叫人打扫出来关陈分县长的房间。那么现在自己倒该被关在那里面了！他立刻恐怖起来，赶快抓过一本收发处的簿子来清查，翻看，只见上面一项一项地写着：收，什么文件一件；发，什么文件一件，有些项下还注些莫名其妙的小字。他越看越麻烦起来，丢了开去。又抓了一本庶务处的收支账簿翻了开来，这就更不懂了，什么"收：什么人的罚款多少；收：什么庙缴来款项多少"……看了半天，不知这些钱究竟用到哪里去了？翻到后面，才看见支。支些什么，该不该那样支，收支相抵不相抵……越看越觉得走入雾中，不知方向。他于是又翻公物清册，这才忽然给他发现不对来了。上面有一项明明载明办公条桌五张，但实际只有三张，有一项载明椅子三套，但实际只有两套半。他于是觉得可怕起来了，转过身来，忿忿地问道：

"他们交来的条桌是几张？"

"三张，"听差赶快放下手上的凳子说，"委员。"

"怎么他这册子上是五张？唔？"

"不晓得，委员。"

施服务员在桌上猛击一拳，吼道：

"怎么你刚才在接收，都不晓得？"随即他又觉得这错不在他，骂他是不对的。停了一会儿，又才说：

"哼！你去吧。去把他们的收发师爷给我请来！"

听差嘟起嘴就出去了。剩了他一个人在屋子里，只有灰白的纸窗看着他这孤独的影子。他厌烦地把面前的清册账簿呀的推在一边，忿忿地想了起来。他觉得刘县长太把自己不当人了！请自己来帮他代理，不但不帮自己布置好一些同来的人：比如收发，庶务，文牍之类，而且他送他走的时候都绝口不提！安心让他陷到这样可怜状态的绝境里面！

"这些东西岂是一个人办得了的吗？"他喃喃地埋怨起来了，"而且这还成什么分县长？简直叫我来帮他当用人，一个人来给他保管公物，看守衙门！哼，我难道是看门的狗么？而且每月的薪水他还要平分呢！"

他忿忿地在桌上捶一拳，把刚才陈分县长的话全都想了起来："是的，这刘县长太浑蛋了！他是可以委任我，一面请军长加委的，如果那样，我自己就可以弄一个场面来！自己找些收发这些人来！但他只是叫我来帮他卖力，看守衙门，而他名利双收！天下还有这样浑蛋的人吗？难怪他还不叫我管法律诉讼！……好的，这劳什子我不干就是了！"

他又觉得自己可怜起来，深深地叹一口气，觉得自己带着一番伟大的抱负来——怎样改造，怎样建设，怎样把地方变成模范区域，而自己假使弄起来，一定是很容易的，但现在这一切伟大的理想都受了阻碍了！受了这样一个昏庸官吏的愚弄了！他忿忿地睁大眼睛，就好像看见了那个可恨的昏庸的圆胖脸。他觉得非常地不平起来。

他喃喃地说着，舌头都好像转动不过来，他知道今天的话说得太多了，口渴得太厉害了。他忍不住喊道：

"听差！拿茶来！"

只有屋子嗡嗡地回响他一声，立刻又归沉寂。他才记起听差出去了。他于是站起来，到屋角的一桌上堆满东西的缝隙间抽出自己带来的热水瓶，摇一摇，没有听见水声的荡动，拔开塞子一看，水瓶肚子对着他的眼睛不断地发出嗡声，里面是空空洞洞的。他于是跑到厨房去了，一个马蹄形的土灶上嵌的铁锅也不见了，土灶破得一塌糊涂，泥土散满一地，这显然是锅也被他们取去了。一个立方的石水缸在破灶旁边张着空洞的大口望着他。"哼！连水都没得喝，连饭都没得吃！"他这么一想，才觉得今天从早起接收交代忙了半天，还不曾吃过一口东西，肚子已饿起来了，好像肠胃在里面打架似的发出咕噜噜的声音。

"哼，当一个分县长，连饭都没得吃呢！"他发呆地站了一会儿，不断地这么咕噜着。

他恨恨地咬一咬牙又走回来了，刚刚要到门边，他忽然惊得一跳了，只见一个穿得很褴褛的人从里面跑出门来向着外面飞奔出去，简直来不及看清那人是什么面孔，他立刻开了快步赶了出去，那人慌得把抱着的一个包袱丢在地下就跑掉了。他把包袱拾起来一看，正是自己的衣裳包袱！他更加气忿了，再追了出去，已不见了人影。他又只得走了回来。那拘留所里面被关着的两个犯人正在向他吃吃笑了。他气得暴跳起来，吼道：

"笑什么！"横着眼睛看了他们一眼，就气冲冲地走进房间来了。

"哼，笑话！分县长还要亲自去赶贼！他妈的！"

只见听差一个人回进来，他就大怒地问他：

"那收发师爷干什么不来？"

“委员，他说他要吃饭了！”

“放屁！……你问过他那办公桌没有？”

“问了，委员。他说是五张，不错的。有三张是好的，有两张已经破成一块块的木头了。哪，他说就堆在那屋角里的就是。”

施服务员顺着听差的手指看过去，果然那儿有一大堆奇奇怪怪的破木块。

“干吗已经变成了破木块还要算两张办公桌？”

“委员，他说那还是前几任移交下来的呢！因为这是公物，就是烂成灰，都还要一任一任地移交下来，无论什么衙门都是这样的。他说那清册上是注明了的。”

施服务员赶快去翻清册，果然注了一行小字道，“两张破烂，前任移交。”他想那半套椅子大概也是这样了，看清册，也果然注了一行小字。但他更加不舒服起来了：

“哼，我来做分县长，不但没有饭吃，而且去赶贼，而且还要来保管这些破木头呢！”

他已决定不要干了。

就在这时候，陈分县长高高兴兴走来了，刚一到门口，就把眉毛一扬，笑嘻嘻地喊道：

“施监督，你吃过饭哇？刚才很对不住，令价到敝寓去的时候，我们正在吃饭。我真是好久没有这么舒舒服服地吃饭了，今天才痛痛快快地吃它一顿。……我想还是我自己来吧，你有什么疑问，请你问我好啦！”

“你去你的吃饭！你吃饭干我什么事？”施服务员心里不舒服地想，立刻一跳地迎了上来喊道：

“陈监督，你来得正好！我想要走了。好在你的交代我还没有接清，我想我回城去，还是叫刘监督来同你直接办理吧！”

陈分县长故意怔了一下，扬起眉毛看着他：

"为什么？难道我的交代不清吗？"同时大有心事地向门外边暗暗飞了一个眼色。

"不是不是，"施服务员赶快分辩说，"你看吧，就只我一个人，没有收发，没有庶务，没有文牍，这样麻烦的交代，我一个人怎么办？而且我一个人还像一个什么衙门吗？"

"这简直太不成话了！"陈分县长在桌上一拳，吼道。施服务员大吃一惊地望着他，以为他在发自己的脾气了，但一看，又不是。而陈分县长则在不断地说下去，"老哥，我真是替你太气忿了！天地间还有这种心肠狠毒的人吗？简直不是人！是狗！"他毒毒地向着县城那方指了一指。他见施服务员快意似的看着他，他于是更加强调地说下去：

"老哥，你我都是军部出来的人，都是青年，都是有血气的！我实在看不惯这些老奸巨猾！当你接完交代，送我出去的时候，我就替你很吃惊，想：'怎么呢？怎么只有他一个人接事？他一个人接下来怎么办？'所以我赶快把饭吃了就赶来看你了。老哥，这刘监督不但利用你了！而且把你害了！"他一面说着，不断地用手势加强语气，一面注意地看着施服务员脸色的变化，他的声音渐渐提高，施服务员脸上的忿怒也渐渐增强起来了。

"真的，他只叫你一个人来，简直是叫你帮他看守衙门的！这种人还有心肝吗？现在我要请问你，他请你一个人来，一个月是多少薪水？"

"他说，"施服务员愤怒地把手一扬，"第一个月是一百四，第二个月对分。"

"这简直狗屁！"陈分县长又在桌上一拳，"我告诉你，这儿分县长用的收发，庶务，文牍以及听差都是没有另外规定的。你想，把这

170

一百四十元提一大半出来开销，自己还落得几个？不吃饭吗？不穿衣吗？不应酬吗？他请了你来给他卖力，竟还有脸和你说对分！吓！"

"我决计不干了！"施服务员坚决地说。见他对自己这么同情，索性要求他，"好，请你帮忙我，让我回城去，他自己来吧！"

陈分县长笑了一笑，他想是时机了，就一面向外边暗飞一个眼色，但一面仍然说：

"老哥，我很同情你。可是我实在爱莫能助。因为那样在法律上是不容许的！总之，你应该赶快把场面想法撑起来，因为这是冬防期间呀！"

一个人在门外边出现了，慌慌忙忙地，上气不接下气地说道：

"施监督，土匪来了！"

施服务员大吃一惊，全身都在恐怖里紧张了，赶快问：

"什么？在哪里来了？"

陈分县长也做着慌张的样子抢着问。那人慌忙地说：

"正在大山脚下抢过路商人！说是离镇上只有六七里路！"

"那，那，怎么办？"陈分县长紧张地把施服务员望着。那意思好像说："你是此地的监督呵！这要该你负责任的呵！"

施服务员急得只抓头皮，但觉得既然在此刻是自己的责任，也只得去走一趟了。

"好，我去一去吧！"他硬着头皮，竭力显出自己曾经受过训练的态度来，但心里却在发抖。他马上叫听差去叫李村长派那十个团丁带好枪弹在衙门前集合，并给自己把马牵来。

十个穿便衣背枪的团丁在街心散乱地站成行列，街上的人们都立刻慌张起来了，互相拥挤着，推送着，黑压压地站在街两旁围着看。施服务员的心里非常忿恨和慌乱，但见众人都在吃惊地看他，他又竭力昂起头来，挺着胸，很庄严地站在行列前点了名，便在一个团丁手上拿一支枪来，自己背上，又拴好子弹带，很神气地两手抓鞍，一脚踏上马镫，但马却跳起来了，把他甩到旁边，几乎跌下地去。他顿时羞得满脸通红。一个团丁跑来抓住马笼头，一个来扶他，他说："不要。"自己爬了上去。于是队伍在前面走了起来，他勒着马紧紧跟着，在众人眼前昂起头雄赳赳地走去。一出了镇口，望着树林夹道的大路走去的时候，他才有点后悔起来了：

"唉唉，人家负名义拿钱，而我冒险干吗呢？况且匪人有多少？我们这十一个人去够不够？假使他们人多呢？假使一个子弹飞到我的头上来呢？怎么办？岂不是冤枉？……"

眼前大块大块的山，一峰连一峰地高了上去，显出各种各样的峭壁，峭壁上好像伸出许多手臂来似的脱光叶子的枯树狰狞地骨出着。看来简直一切都显得非常凶险，恶狠狠地把他望着。路两旁枯枝的树林，给风摇摆着，在窃窃私语，其中隐藏着可怕的恶兆。如果有一个人从那树林里跳了出来，一枪打来，他连取下肩上的枪都来不及，就一定会滚鞍下马，而这又是乱跑的劣马，一定会被它拖着脚蹬，像挂了脚的血尸在乱石路上乱跑，……他就好像看见了自己的脑袋倒栽着碰着乱石飞拖过去……而这死尸说起来仅是刘县长用的人！他于是越加恐怖起来了，全身的热血都集中到脑里来，使他发昏，而肚子更饿了，几乎连手捏辔索的力气都没有。他于是坚决地决定，这次回镇去决定不干了。他见路边一家草屋，有几个人站在门口紧张地望他，他下意识地觉得要保持尊严，又振作精神昂起头来，但立刻他大吃一惊了，脸上狠狠地挨了一下。他勒着马定睛一看，只见一枝横伸出来的树枝在鼻前抖动，他才明白，刚才就是这东西打自己的。他低下头穿过树枝去，只见那十个团丁已跑得较远了，一路还在叽哩咕噜地讲着话。他就鞭马追了上去。刚刚转了一个大弯过去的时候，只见远远的树林边忽然出现一大群人，肩上都横着一根东西在缓缓地走来，但突然一下子停下了。他慌得全身都发起抖来，脸上好像被泼下一桶石灰水似的顿时惨白，两眼都充了血。他想这一下可完了，慌忙滚鞍下马，迸出非人似的喊声：

"散开！"

立刻恐怖地感到：这就要开火了！树林丫枝上面的灰暗天空顿时都变成恐怖的惨象。他用发抖的手从肩上拿下枪来。

"监督，那不是！"有一个团丁忽然说。

施服务员兽似的张着充血的眼睛打断他的话：

"什么不是！我叫你们散开！"他着急着这些没有受过训练的家伙真讨厌。

"真的，监督！那好像是些过路客商。"另一个团丁也说。

施服务员这才慌张地从一株树干后边走出来了：

"什么？那，那，那不是？"

他定睛一看，果然是一群挑担子的客商，在树林旁挤成一堆，一字儿放下箱子行李在地上。他又跳上马鞍，同着的团丁们赶上前去的时候，那些客商们也吓一大跳，脸都变成土色。有的人发抖地拱着手哀求道：

"先……先生呀！东西你们拿……拿去就是了！我们都是做小生意的……"

团丁们都笑了起来，向他们说：

"我们是来打土匪的！"

客商们才透出一口气来，但还怀疑地紧张着眼睛望着他们。

施服务员跑上来的时候，忿忿地骂道：

"你们这些人走路都不好好地走！鬼鬼祟祟的！哼！"

他忽然记起《水浒传》上那些强人常常假扮客商，心里更加怀疑起来。他试着去抓着一口篾箱的绳子一提，那箱子面前的一个客人马上就跪下去了，手却拉着箱底。他吃惊一跳，奇怪地想："这家伙要干什么呢？在摸军器吗？"他于是叫了一声：

"搜！"

这个命令一出，团丁们都兴奋起来了，马上乱纷纷地跳过去摸他们的身上。顿时所有的客商都发起抖来了。站得稍远靠着树林后的一个客商，见一个团丁向他跑来，他想身上带的一笔钱可完了，赶快摸出一块银元来塞到那团丁手上，但站在树林外边在搜着另一个客商的另一个团丁已一眼瞥见了，丢下那原是空袋子的客商，马上跑了过来，向那个客商做一个鬼脸。那客商吓得发抖，赶快又摸出一块银元来悄悄塞在他手上。他于是随便在他身上摸一下，掉过脸去说：

"搜过了！"

而那边的团丁们正忙着解所有挑子上的绳子，箱子都揭开来了。那几个客商担心地一面紧紧捏着钱袋子，一面哭丧着脸看他们翻着箱子里的货物。

施服务员见确是客商，这才放心地嘘出一口气来。但看见他们那种惶恐可怜的样子，心里感到非常不安，惶愧，觉得非常怜悯他们。当另一个扑的一声跪下地去打拱作揖地哀求道：

"先生先生，你们拿东西就是了！饶了我们一条命吧！"

他感到更加难堪，觉得这太残酷了，叫团丁们立刻住手。他一面痛苦着；但一面又竭力为这痛苦找适当的安慰："我是在尽职。"

于是他问他们在火山脚一带可有匪？他们马上七嘴八舌地战战兢兢地回答：他们刚从大山上下来，后面也还有一群客商，都没有遇着匪。

团丁们都兴奋地把施服务员紧张地望着，说：

"监督，我们再前去看看？"

"算了，不必去了！"施服务员赶快说。

团丁们都现出失望的样子，懒懒地排起行列来。施服务员又爬上马背。押着队伍回头走去。他很奇怪："怎么的？难道刚才来报的人是看错的？还是造谣的？"他竭力想记起那个人的面貌，但怎么也记不起来。他想："假使是别人使的坏，造谣，那就可怕了！想不到这地方竟如此险恶！"但他又想，谁来造谣？又想不起这根源来。一想起刚才自己那种恐怖的情形，他觉得有点害羞，脸都热了。但他又想："假使刚才真的遇着的是匪人怎么办？而此地周围出匪是著名的，有着冯二王这样的人物。现在刚刚才接手，就闹这样一个虚惊，将来不知还要闹多少？而自己又只是一个人！"他觉得自己带来美丽的幻梦在这现实的钉子上一碰完全粉碎了。他马上恨起刘县长来，坚决地说道：

"我一定不干了。"

队伍刚刚一到了镇口，只见有几个小孩子在棚子边探头探脑，突然向镇里面跑去，一面喊：

"施监督打匪回来了！"

街上的人们都立刻高兴起来，退让到两旁的阶沿，在交头接耳地谈论着，指手划脚地讲着。一见队伍进了街，都拿紧张而严肃的眼光望着他们，有些人还恭敬地垂着手。施服务员还仿佛看见一个包布包头的人在向那花白胡子的周老先生说：

"我们这里真是从来没有过这样的监督，亲自去打匪！"

周老先生认真地点一点头。

他又非常兴奋起来了。立刻双手捏紧辔索，昂起头来，肚子前的斜皮带白铜扣都特别光辉起来。他又觉得虽然受了一场虚惊跑了一趟，倒想不到反而得到满镇人民对自己起了这样大的敬意。他的心里又活动起来了：

"这倒好，我在人民中可以建立起威信来了！如果干下去，那不是可以做得出很好的成绩？"他这么犹豫着，已到了分县署前。下了马来，站在团丁们的行列面前，使两旁老百姓都可以看清和听清的样子挥起右手，大声地向团丁们训了一阵话，同时嘉奖了几句。

"敬礼！"一个团丁喊。所有团丁都赶快立正。

他的肚子里正在哗啦啦地响了下去，但他竭力忍住，挺着胸脯，郑重地向行列点一点头，又昂起头向两旁老百姓们扫一眼，这才挺起胸脯走进去了。

但他一面走，一面又渐渐颓唐下来了，望望门房，门房仍然空空洞洞的，没有一个人。还是只有拘留所里面两个犯人在缩着一团发抖。进到里面的天井，仍然是空空洞洞的，就只有自己的皮鞋后跟像对自己嘲笑似的在石板上发出无力的空洞的响声，孤零零地。他实在疲倦起来了，目前重要的是希望在一把椅子上坐下来舒舒气再说。他两步抢到当作大堂的门口，只见房门却紧紧关住，他用力一推，只听见喀啦的一声，一看，门扣上原来挂了一把大铁锁。他立刻暴怒地跳起来了，大声地喊道：

"听差！"

回答他的只是院子里寒冷而空洞的"嗡"的回声。

"听差听差！"

回答他的仍然是院子里寒冷而空洞的"嗡"的回声。

他气得暴跳起来，在整个大院子里乱跑，乱喊，乱转，但回答他的仍然是院子里面寒冷而空洞的"嗡"的回声。他又饿，又冷，又急，又气闷，又疲倦，气忿忿地两手叉腰站着，好像要做体操的姿势，两腮鼓起着。——他不知道要怎么办才好！

"唉，难道仅仅一个自己身边的听差都也跑了吗？我的命就这样尽吗？这样一个分县长还干得出什么吗？……"

他伤心地在台阶沿边坐下了，两手捧着头，绝望地望着那灰色的天空。天空阴沉沉的，板着一个愁眉不展的面孔，一朵云层压住一朵云层，死板板地，好像要哭出来的惨象。他觉得周围的一切都是灰暗。那曾经寄予过他以美丽的幻梦的青空呵！那带着欢喜的蔚蓝的青空呵！现在也给这浓厚的灰色云层包裹着了！他不禁深长地叹了一口气。

他颓然地垂下头来，对面会客室空洞的窗口瞪着他，满天井的破石板和臭水洼瞪着他。他觉得这衙门对自己已一点也不感兴趣，而且讨厌，成了自己非常可怕的重负。但他又不能丢了就走开，一种法律的责任就像一条绳子似的拴着他的颈子，死死地把他缚牢在这么大而空虚的衙门里。他觉得愤慨而且滑稽。

"这算什么？简直连一条狗都不如了！"他忿忿地想。

好一会儿，才看见听差嘴里嚼着什么跑了回来，他立刻向他跳起来大骂道：

"你这东西！哪里去来！"

他在他身上就打了几下。听差吓得不敢动，慌忙地说，"刚才在李村长那儿弄了点东西吃来，因为肚子实在太饿了！"听了听差的话，他又觉得这听差也实在可怜，"跟着我这'分县长'来，竟还要饿肚子，这太笑话了！"但他又觉得这听差也笨得可恨，"连我的饭都不去帮想办法，倒先把他的弄来吃了！"

他于是再向自己坚决地说一遍：

"这回是真的下个决心不干了！"

他等听差开了房门，马上坐在办公桌边就气忿忿地写一封信。他把信交到听差手里严厉地说道：

"把这信马上去给李村长，叫他马上派一个人飞速送给刘县长去！叫刘县长马上赶到白森镇来自己接交代！叫他明天马上来！妈的，我马上不干了！"

听差跑进李村长的房门，见李村长正坐在一个屋角里通红的火炉边烤火，那方脸映得通红，连小眼睛小鼻子都看得很清楚。他把信递到李村长的手里，把施服务员的话重说一遍的时候，李村长大吃一惊了。

"怎么？他要刘县长自己来？那可糟了！刘县长如果自己来接事，那我可完了！"他想起黄村长时常造他的谣的事情来，全身都战栗了。"不行不行，他不能走！陈监督叫我暂时躲起来不见他，现在可不能不出面了！"他发呆地望着自己手上拿的信，想。信都给火映得通红。他见听差又在催促他，他仰起脸来说：

"好，你请回去吧！我马上就派人去！"

他拿起信就走，一面想：

"管他妈的，陈监督已经是要走了的人了，我还听他的话干什么？只害了自己。去找他商量也无益而且也不好，我莫如叫地方上人出面来挽留他，在陈监督面前我只装着没有我。那么我只好找周老先生去了！"

他跑到周老先生家的门口，只听见从靠街的一个窗孔洞传出周老先生念书似的在和谁谈话的声音：

"……的确，有施监督在这里，我们可以放心地安居乐业了，他今天出去御驾亲征，真是非常难得……"

他慌慌忙忙跑进门口，忽然看见坐在周老先生对面烤着火的就是自己从前在陈分县长那儿暗暗挤掉了的黄七。那回事情就飞快地在他脑里闪了一下：那时黄七做了村长还想把柳长生管山爷庙谷的执事夺过去，他就和柳长生暗中联合起来，黄七于是倒掉了。见黄七掉过麻脸来看他，他不由得在门槛边怔了一下。但他随即又觉得事情太严重，已顾不得许多了，立刻慌慌张张地喊了起来：

"老先生，老先生，这新监督不干了！要走了！"

"什么？"周老先生吃惊地站起来望着他。黄七也吃惊地望着他，但仍然不动地烤着火。

"那怎么可以？那怎么可以？"周老先生颤动着花白胡子着急地说，一面心里着急地想："如果他一去了，地方上就会不安，那么那几个学生明天就不会来了！而于是自己该领得的庙谷也跟着完了！"

"那怎么可以？"他举起烟签子指着李村长的鼻尖，喷溅着唾沫星子不断地说，"我们这白森镇的天下安危，都系于他一人之身上，那怎么可以？"

"是呀是呀！我也是这么说！"李村长获得了有力的赞同，高兴地说，"所以我想只有找你老人家想办法了！我想还是只有你老人家出来代表全镇老百姓去挽留他了！"

"好，我去挽留他！"周老先生慌忙放下烟签子说走就走。刚刚走到门槛边，他又掉转身来，兴奋地举起右手来说：

"前年那回打仗的时候，朱监督要跑，也是我代表去挽留他的！我，我去挽留就是了！"

立刻他就转身走去了。李村长也跟着跑去了。

黄七张开嘴巴看了一会儿，心里想："嘻，奇怪得很！也许这回又可以有什么掉在自己的身上来了吧？"他也跟着他们的后面到衙门口去了。

周老先生走进分县长室，呆板地站在施服务员的面前，恭敬地捏起拳头拱一拱手。施服务员请他坐下。他小心地又拱一拱手，吊着半边屁股坐在椅子上，斜侧着身子念书似的说了起来：

"听说监督要挂冠而去，这实在使全镇居民不胜之大惊。以监督之英明，今天出去御驾亲征，是全镇居民尽皆知晓的。今白森镇天下之安危，均系于监督一人之身。今监督忽然要去，居民均惶恐万分。现在就由教员代表来挽留监督，请监督还是住下……"他一面说，一面听见自己说出来的文雅的句子都非常得体，心里感到一种高兴。

施服务员听他说完，非常感动，想不到自己真的得了人民的拥护。

但他看看自己这乱七八糟的屋子，觉得自己还是住不下去，于是忿然地把两手向两边一分，说：

"周老先生，你看我怎么住得下去？你看，刘监督太对不起我了！他请我来接事，就只我一个人，收发也没有，庶务也没有，文牍也没有，你叫我人怎么办！这许多接收下来的乱七八糟的东西，你看吧……"他伸出右手向着房间里的周围一指。

周老先生看了那重重叠叠拥挤着的桌椅台凳，卷宗账簿，宫灯彩帐，堆得挤满房间。他一时说不出话来。最后他想了一想，又恭敬地说：

"教员代表全镇居民来挽留监督，监督还是不要走的好……"

"这是你们的好意。可是我没有人呀！你看这还像一个什么衙门？……除非有人，不，不，可是我是走定了！"

周老先生摇摇花白胡子无可奈何地退了出来。施服务员只送他到房门口，抱歉地说：

"对不住，我不能送你到大门口了。因为我一个人也没有，听差出去帮我买吃的去了，你看，我当分县长还要看守房间呢！"他感到滑稽地苦笑了一下。

周老先生走出天井，李村长就把他迎着，紧张地问他：

"怎样？"

周老先生只是颓然地摇一摇花白胡子。

李村长着急了，再问他：

"可还有办法没有？"

"没有呀！"周老先生又摇一摇花白胡子，"他说他一个师爷也没有，住不下去。他说'除非有人'，你看怎么办？"

李村长忽然觉得从周老先生身上想出办法来了，立刻靠近他的身边，悄悄地说：

"他没有人，我们不是也可以照前年那样，把全镇人都叫来给他推几个人出来？前年打仗的时候，朱监督下面的人都跑了，不是大家把你推出来管过两个月的事？我们也来他一下？"

周老先生顿时高兴地好像从梦里醒过来了。他猛然记起了那一次的事：从那次起，所有镇上的亲戚朋友老远看见他走来就恭敬地站在旁边，让他摸着花白胡子走了过去。他立刻说：

"好！那么你赶快去打锣吧！"

黄七见周老先生走出衙门来，赶快跑到他身边，向他打听了消息，他立刻心里跳了一下，慌慌忙忙跑回去了，马上提了一小块腊肉跑进周老先生房里来。见没有别人，就把腊肉塞在周老先生的手上，把嘴巴凑近他耳边悄声说：

"这是我给你老人家送来的。"

周老先生连忙接着，会意地笑了笑：

"好了好了，我晓得就是！你赶快叫人们都到平民学校去吧！"

铜锣当当当地从镇口敲到镇尾，人们都顿时在街上出现了，互相问着，议论着，陆陆续续地向平民学校走去。有些人莫名其妙是怎么一回事，见别人走去，就也看热闹地跟着别人走去。

"喝，去呵去呵！"黄七站在街头向人们叫着。立刻，他跳进一家人家屋子里去拉出一个人来：

"张二伯，去呀！去看看究竟是什么事呀！"

于是街上一片嚷声，人们都走去了。

陈分县长在屋子里大吃一惊，"这是怎么一回事？"他正在这么想着的时候，只见李村长向他走来了。李村长站在他面前，竭力隐瞒了自己和周老先生出的主意，只说人们听见说施监督要走，大家都要挽留他了。陈分县长吃惊地跳了起来，他这才觉得糟糕透了！刚才对施服务员不过开了一个小玩笑，想不到竟相反地使他得到这样的一个好处！他冷笑了一下，想：

"好的，我就要使你同刘县长两个打破头，弄得你们两个都有下不了台的时候！"

他立刻同李村长向平民学校走去。只见大殿上黑压压地挤满了乱七八糟的两三百人，几排条凳通通坐满，有些人就坐在条桌上，没有坐的就在旁边和后面乱挤着。大家都在窃窃私语，交头接耳，有的在大声地咳嗽，吐痰，有的在擦鼻涕，有的在笑，有的说把他遮住了，看不见，乱哄哄地形成一片嘈杂的声音。黄七站在旁边，叫别人不要说话。周老先生见有几个人被后面的人们挤出前来，就怒声地喊道：

"你们在挤什么！又不是看社戏！这是什么地方！大家好好地退后去！"说着，就跑上前去，伸出两手把那几个人推到后面去。有一个十几岁的大孩子又被挤出来了，他立刻一把抓住，向人缝中就塞了进去。那几个人就忿忿地向他睁大眼睛。那边人堆里面，不知是谁打了谁的一个嘴巴了，啪的一声，一个孩子哭了起来。周老先生立刻怒喊道：

"唉，这是什么地方！哭些什么！"

陈分县长见施服务员已在那里，挺起胸脯，昂着头，圆脸上表现着满足似的微笑，坐在黑板下面方桌边的一把椅子上。他忿忿地想："哼，这家伙居然会收买民心呢！"他就坐到他旁边的椅子上。施服务员掉过头来悄声地向他说：

"我要走了！不知怎么听说他们要挽留我。"

"是是是，好极啦，好极啦！"陈分县长故意把眉毛一扬，哈哈笑了起来。

周老先生在人们面前指手动脚地弄了一阵，人们这才静下来了。像完了一件大事似的，拍拍两手，退后两步，这才呆板地垂着双手，向众人动着花白胡子发出念书似的声音说道：

"今天叫大家来，不为别的缘故。只因陈监督'高升'了，而施监督'恭喜'才半天，说是也要走了！然而我们白森镇的天下安危，皆系于施监督一人身上。在此匪风四起之时，施监督是断乎走不得的！因为我们白森镇从来就难得遇到过这样能够御驾亲征的好官。所以请大家都来挽留挽留……"

人丛中立刻七嘴八舌地哄起一阵嘈杂的声音冲断了他的话：

"我们挽留……"

"挽留……"

有的人就只喊了一声：

"施监督！"

周老先生停了一下，呆板地望着众人，等到人声渐渐平静下去了，刚要接着说下去，谁又在人丛中发出一声：

"挽留！"

"啧啧！不要吵！"周老先生厌烦地瞪了那人一眼，这才真的平静下去，又开始动着花白胡子说起来了：

"此刻现在，目下眼前，旧监督同新监督都在这里了，我们就请两位监督教训教训。"马上他拿起两只手掌放到胸前，又严肃地说道：

"现在请大家鼓掌。"

下面有一半人拍起来了；有些人不满意他，不高兴拍；有些人不好意思拍，旁边人用肘拐推了他们一推，于是也都跟着拍起来了，倒也觉得今天竟敢于在两个监督面前拍手倒也好玩。

陈分县长站起来了，举起右手来就要说话，但下面还在啪啪啪地尽拍。他又只得把手放下来。以为要拍完了，又把手举起来，下面还在拍。周老先生于是把两手垂了下去喊道：

"请大家止拍。"

拍掌的声音这才渐渐少了下去。周老先生就恭敬地用倒退的步法坐在旁边。陈分县长开始说话的时候，下面还有几个小孩子顽皮地拍了几声，他终于瞪了他们一眼，这才真的清静下去了。

"各位，"他举起右手来说，"我到这里来，已半年了！我自己想来，对地方还算问心无愧，（下面人丛中的黄七和另外几个受过罚的人却不服地暗暗扁一扁嘴）今天我是交卸了！不过，你们知道我交卸的原因吗？"他把眉毛一扬，望了众人一下，随即用手向外一指，"我在这里办了团防，"又用手指着背后的黑板，"我在这里办了学校……"

"他讲得多漂亮！"施服务员坐在旁边望着众人想着的时候，陈分县长那声音渐渐好像离他耳朵远去了，"是的，我来就会弄得更好！……面前这些民众将来能够像这么一堂地训练起来……"

"……别的事情我还办了许多许多！这是大家晓得的！但我现在忍了就是了，我到军部去才慢慢地和他算账！"陈分县长说到这里，就从衣袋里掏出几张状纸来，高举在众人眼前。施服务员这才从幻梦里惊醒了，吃惊地把他望着。

"看吧，"陈分县长指着那状纸说，"这就是我的凭据，人民告他贪赃枉法，通匪害民的证据。不过，我要说，他不但害我，他还害了施监督，"他望了众人指了施服务员一下，"他请施监督来代理，不但不派人来帮助他，反而要和他对分他的薪水，天地间还有这样浑蛋的人吗？"他忿激地把手在空中打了一下，同时望了施服务员一眼，施服务员见他这样帮助他，立刻很兴奋了，而陈分县长又接着说下去：

"有一件事情请大家想想，从来白森镇就是不安宁的，假使让施监督走了，地方上闹出乱子来谁负责？我想你们为一劳永逸起见，应该呈请刘县长正式加委他的分县长！这就是我临别时贡献给你们的意见。"

施服务员更兴奋了，见他下来的时候，非常感激地看了他一眼，就站起来，挺起胸脯，左手插在裤袋里，右手举了起来，自己觉得这个姿势很好看，于是说：

"是的，陈监督的确是很冤枉的！我到这里来都清楚地看见了！这刘县长是太狠毒了！"他一面觉得背后的陈分县长一定很高兴，但又觉得他们既然还要刘县长给自己加委，假使这亦给刘县长知道了，那岂不糟糕！但他也只得说下去了：

"总之，我现在是不能不走！请大家想想看：我来当一个分县长，收发也没有，庶务也没有，文牍也没有，就是我一个，孤家，寡人……"

一阵大笑声立刻在下面哄了起来。

周老先生站起来，脸色苍白地动着花白胡子说：

"我们一定不让施监督走！施监督没有人，我们地方上给监督举几个人出来办事就是了！我们来尽义务……"

黄七在人丛中站起来说：

"我看就请周老先生出来帮监督办事。"

立刻，冬瓜脸的柳长生也在稍远的人丛中站起来说：

"我看李村长也算一个。"

周老先生停了一下，笑道：

"这也使得。我就来尽这个义务，既然大家公举了我。"他见黄七在着急地张大嘴巴看他，他于是又说，"不过我们两个人也不够，我看黄七也来一个。"

柳长生非常不高兴，立刻推了推他旁边的一个人叫他站起来反对，叫他推自己。那人笑了一笑，害羞地摇一摇头。他于是只得自己站起来了。

"够了够了，"周老先生马上向他摆摆手说，"现在还请施监督颁示。"

柳长生又只得坐下了。

施服务员在这一个突然变化的形势中非常惊喜了，莫名其妙地向众人望着，心里却非常高兴："好，现在场面是可以撑起来了！而且还是尽义务的呢！那么我每月可以净得一百四十元了！而人民都很好，懂得运用人民的权利……"他一面很兴奋，但一面还有什么不满足似的说：

"你们看，我今天从接事到此刻天都快黑了，我还连饭都没有吃呢！锅灶也没有，厨子也没有，说一句笑话，我连米都还没有呢！你们看，像我今天这样子，怎么住得下去？"

周老先生抢着说：

"有有有，监督一定走不得！厨子有办法，我去把我家周老么喊来帮监督的忙就是了！"

"米也有办法！山爷庙有的是谷子，叫柳长生拿点出来就是了！"

大家回过头去望这说话的人，又是黄七。稍后的人堆里忽然也喊出一个激烈的声音来了：

"山爷庙的谷子！山爷庙的谷子！你总忘不了山爷庙的谷子！你看你连梦里都想着这谷子！"

大家一看，正是冬瓜脸的柳长生。

李村长也站起来了，说：

"那谷子是……"

周老先生马上向他们举起双手拦住他们两个的话头，慌忙说道：

"今天我们是在讲国家大事！不许闹小闲话！你，柳长生，你记得不，你上半年算给我的学谷还少一升呢！"

众人也都快意地掉过头去向柳长生喊道：

"算了吧！算了吧！这是什么地方！"

柳长生就忿忿地涨红着一张冬瓜脸坐下去了。

最后，周老先生向众人说道：

"好，陈监督的话说得好，我们要一劳永逸，我们大家马上就给刘监督上一个呈文去，请他加委。"

众人都异口同声地说：

"由你做就是了！"

施服务员感到从来没有过的愉快，出乎意料地一切都有了！而且还要请加委，而且是人民的公意呢！

当天就在分县署里的办公桌上就看见周老先生写好呈文，由李村长拿去挨家挨户画押，派人送进城去了。并且看门的也来了，差人们也来了。周老先生，李村长，黄七都在几个房间开始布置起来。

施服务员愉快而疲倦地躺在床上。到了半夜的时候，周老先生恭敬地垂着两手来请了，他跟着出去，只听见差人们一声喊："下来啦！"立刻人们都整齐地立正，他就庄严地坐在大堂的公案上，两旁排着差人，下面跪着一个人犯。他叫犯人站起来，不要跪，说明跪是奴隶性。接着又向他作了一篇演说，说明犯罪是如何如何不好。犯人立刻感动了，说以后再不做了。他一下子非常高兴地笑了醒来，一睁开眼睛，原来自己还躺在床上，竟是一个梦。只见面前的纸窗已发白，办公桌上的文件簿册都已看得非常清楚，原来是第二天的早晨了。他一点不迟疑地就爬起床来。

下午周老先生们都办完公回去的时候，听差送进一封信来了，双手递到施服务员手上，说是刘监督派一个听差骑一匹快马飞送来的，马已拴到后门给喂草料，并给听差吃饭。

"好，你去叫他吃饭吧！马也给他喂喂！"施服务员高兴地说。

他兴奋得很，心都别别别地直冲喉头地跳起来了，直冲喉头，好像喝了烧酒似的感到微醺。

"哈，加委这样快就来了！"他微笑地想着，一面用发抖的手指拆开信封，抽出信来，一看，他的眼睛好像伸出无数的手爪来似的要把每个字不遗漏地抓住。但立刻他的两眼发直了，呆住了，发昏了，尤其是那几行特别严重的话像一把锋利的尖刀似的直刺到他的心上——

"……仆尝以足下为纯洁之青年故敢以兹事相托然所托仅系襄助性质非代理也今足下竟置法令于不顾自称代理大张红告仆诚不知足下之用心何为也并据可靠方面传来消息足下与撤职旧任互相结托煽动民众当众诋毁仆之名誉并要挟其公呈请求加委更不胜惊讶绝倒矣又据昨日客商过此谓足下率大队团丁拦路搜查形同抢劫此间传说纷纭城市嚣

187

然似此情形仆实难代人过受只得听候军长裁处耳顷仆已另托司法官前来接替希即交出……"

他看到这里，脸色顿时惨白，额角渗出点点的汗水。他仔细一看，那"听候军长裁处"的几个字还是一点也不含糊。他完全堕在恐怖里面了。好一会儿，才忿忿地在桌上捶了一拳骂道：

"哼，这狗东西！"

耳朵嗡地鸣响起来，一朵黑云似的东西照着眼睛扑来，他就伏在桌上了。

"完了！我这下可完了！"他心里在这么不断地绝叫着，"唉唉，好险恶呀！这浑蛋……"

忽然哗啦啦铁链响了一声，他立刻吓得发抖了，他以为是来捉他的。抬起惨白的脸来一望，什么也没有，但随即他就听见了是一个差人在外边那间当作公堂的屋子里收拾公案，在把铁链丢在地上。那铁链的声音尖锐地威吓着他。听见那差人走出去了。他就又把头埋在桌上的手里。但那铁链子的形状就紧紧扣在他的脑里，固执地在他眼前晃动，他看见了一间黑暗的监狱，没有一线光，黑洞洞地，四方上下都没有一条缝，但看得见黑暗在颤动，在冷笑，在包围着他，在向他压下来，好像一座无比火的黑山，他觉得身体在往下沉，往下沉……

他绝望地害怕起来。

"不行，不行，总得想个办法，总得想个出路！"但什么出路？自然一走就拉倒！可是城里能不能去？他会不会马上就把自己扣押起来，关在那他曾经打算关陈分县长的那间天井边的屋子里而且还派两支枪看守？他一想到陈分县长，忽然把他的思想紧紧抓住了。他记起昨天陈分县长当众拿出来的几件人民控告刘县长的状纸，而陈分县长是就要回去的，参谋长又是他的亲戚！他的脑子里好像忽然开了一条笔直的路似的，那思想一直就顺着滑了前去。一种报仇的念想在他心里怒发出来。他想只有这么来一下了。他现在才觉得陈分县长才是真正诚恳的,坦白的……

"找他该不成问题吧?"他想。

门帘一响,他又发抖了。赶快抬起头来一看,陈分县长居然在门口出现了。他高兴地赶快站起来,仿佛今天才觉得那苍白的猴子脸非常顺眼,特别有着一种亲切的感觉。

"呵呵呵,你办公吗?"陈分县长把眉毛一扬,照例笑嘻嘻地说,身体很灵动地一飘地就进房来了。

施服务员脸红了一下,但觉得自己应该保持自重,不能太轻率,便笑道:

"是的,正在办公。"同时主人地把两手一摆:

"请坐!"

陈分县长却不坐下去,向背后门帘那儿飞了一个眼色,随即说道:

"我不坐了,我是来向你辞行的!"

施服务员吃惊地望着他:

"你就要走么?"他想他不坐怎么办,"你请坐一坐呀!忙什么呢?"

"不,我不坐,"陈分县长又向背后飞了一眼。

施服务员几乎想伸手去拉他一下,但他立刻大吃一惊了,门帘边忽地赫然地出现一条梢长大汉,头上包着一大圈青纱的大包头,身穿一件青缎面的皮袍,手上提着一支套筒马枪,口里喊道:"监督。"他慌张一看,这人是一张油黑的长马脸,一个鹰钩鼻子,两边漆黑浓眉,一双细小的眼睛。他不由得怔了一下。

"好,你有客,不必送了!"陈分县长说着,在门帘边一溜就不见了。

施服务员着急地把这大汉望着,身上的汗毛都倒竖起来,他知道那几个来帮忙办事的都早已回家休息去了,连听差也不晓得到哪里去了。就只自己一个人,竟突然来这么一条大汉,这究竟是什么样的人？他胆怯地问：

"我不认识你，你是？"

"我就是冯二王。"那大汉说。

这好像一个震天响出的惊雷似的，施服务员立刻呆了，膝盖有点微抖起来。竟不料这家伙居然在自己面前出现了！原来这就是刘县长所说的和陈分县长通的冯二王！他记起陈分县长刚才时时向背后看的情形来，忽然明白是怎么一回事了。但是他来干什么？难道是来抢劫吗？他怀着一团疑惑和恐惧，呆呆地张开嘴巴望着他，说不出一句话。

"我有点事来找监督的！"冯二王把提着的马枪从左手移到右手。

施服务员恐怖地赶快看着他的枪，见他仍然是提着，并没有端起来，稍稍放了点心。他想到了逃走，从眼梢看一看那扇门，"能够一下子把门砰的一声关上，从后门跑出去就好了！"他想。可是他知道这是不可能的，也许自己还刚刚跑两步，他已经开枪了，他竭力镇压着心的慌乱，胆怯地问：

"你找我什么事，你？"

"我们坐下来谈吧！"冯二王说，因为他要比手势，就像拿棍子似的拿着枪指了他房间一下。

施服务员更吃惊了，"这房间怎么可以让他坐？而且他要在房间里干什么？"但见他拿枪是那么轻便，又把他奈何不得。他只得做出很大概的样子来伸手一让说：

"好，请吧！"他竭力不让自己先转身，等他先走进来。冯二王轻轻地把枪一提，大踏步就走进来，直直地好像一通石碑似的就在椅子上坐下，施服务员的脑子里还闪了一瞥跳出房门就逃的念头，但他看见冯二王在不放松地看他，知道是逃不了的，索性大方地但小心地跟着转身，不敢看他的脸，只看着他的枪，在他对面椅子上坐下，心里非常着急：

"假使别人知道了怎么办？"

"监督，"冯二王把左腿架到右腿上，把马枪夹在胯当中，用两手抱着枪筒，开始说起来了，油黑脸上一点表情也没有，"监督来恭喜了，我今天才来给监督道喜！"

施服务员赶快做一个笑脸，但是太勉强，变成了一个惨笑，说："不敢当，不敢当！"

冯二王的嘴角笑了一下，两眼防备似的向门帘那儿看了一下。施服务员却又大吃一惊了，疑心着那门外还有什么人，也跟着他望了门帘一下。但门帘是静静地垂着的。

"我知道监督是很精悍的人，"冯二王又定定地看着他冷冷地说，"知道昨天监督还带了十根'糖'[1]出去一趟。"

这就好像劈头一棒直打在他脑门上，施服务员发昏了，心里非常慌乱。"难道他今天是来报复的吗？他们这些家伙是不认人的，动不动就白刀子进红刀子出！那我可完了！"他说不出什么，只望着他的嘴动，但这家伙的说话也简单明了，几句就说出他的意思来了，这之间还不断地用手抚摸着那乌黑的枪口：

"因为知道监督是很精悍的，我们也不想在这地方再'起坎'[2]打扰监督，想把'棚子'[3]搬到别的地方去。不过弟兄们少盘川，想找监督帮忙帮忙，就只这一回。现在就请监督帮我们把这支枪卖了，弄几个钱，我们就好'高升'[4]。"他一面说，一面就把枪提了起来。

施服务员惊得呆了，见他把黑洞洞的枪口直挺挺地对他胸口抵过来，以为他就干了！这一下可真的完了，立刻就预防地准备要提起两

---

[1] 糖：这里指"枪"。

[2] 起坎：这里指"发财"。

[3] 棚子：这里指"土匪窝子"。

[4] 高升：这里指"走掉"。

手来。但见他只是把枪在桌上摆下了，这才放下心来。他皱一皱眉头，苍白着脸子，嗫嚅地：

"我怎么可以帮你卖？"

"你当然有办法的！"冯二王说，把右手在桌上一点，"譬如你写一个朱单，指定一家富户，派一个差人送去叫他买买，就说在此冬防吃紧时期，该富户应备枪一支，以防万一。"

这办法好像比他还熟悉似的，施服务员觉得这太笑话了，赶快说：

"没有这办法。别人怎会买？"

"有这个办法！"冯二王把两眼斜瞬着他，坚决地说，"刘监督常常用这办法。别人是不敢不买的！"

施服务员想到自己明天就要滚蛋了，还来管你这什么麻烦事情！他只得小心地把脸伸前一点，说明道：

"我并不是此地的正式分县长，明天是就要走了，另外有一个新的人要来的！我怎么可以帮你卖？"

"监督不是才'恭喜'吗？"冯二王仍然坚定地脸不动地说，"怎么就会'高升'。我不能相信的。监督，我告诉你，这是轻而易举的，只不过请你写一张朱单，派一个差人，又不是你出钱！我们都是江湖上跑的人，说一句是一句，决不为难监督的！"

施服务员想，即使自己是正式分县长也不能办，何况明天自己就是要滚蛋的人！他于是又小心地向他解释：

"真的，我明天就要走了！即使能够帮你卖，时间也来不及。"

"来得及的！只要你马上写好朱单，叫一个差人去，今晚上，就可拿得钱来，明天我们就好上路！"

"糟糕！"施服务员愁得眉头打结地想，"自己越说越拢到自己头上来了！"他坚决地但又和声地对他说：

"的确，这个我实在没有经验，不晓得怎么做法。"

192

"这有什么难？写一张朱单，派一个差人就是。"

"可是这种办法是没有的。"

"有的，刘监督他们常常都是这样做的。"

"况且，我也不知道谁是富户。"

冯二王却向他扳着指头数了起来，

"柳长生，王福官，张家老爷子……"

施服务员急得抓了一通头皮，自己简直糟透了，越说越拢到自己的头上来了！他又只好小心地说：

"真的，我是明天就要交出的人，实在负不起这样的——"但他大吃一惊了，还没有说完的话都吞了回去，抓着头皮的手就在后脑上停住，张开了嘴巴，因为其时冯二王微怒似的横了他一眼，说：

"监督不肯帮忙？那，好！"手就动一下。

施服务员以为他也许要干了，慌得赶快说：

"不，不，不是不肯帮忙！"

冯二王笑了一下：

"那么就请你写朱单吧！"

"可是我实在没有这个职权呀！"施服务员要想竭力矜持着，但却又显出一点哀求似的声音说了。

"那也好。监督既不肯帮忙，我们也'高升'不成了！弟兄们如果在地方上有点不规矩的地方，那也请监督原谅！"

施服务员以为他就要走了！心里高兴了一下，但见他说完之后却并不动，连枪都不摸一摸，仍然石碑似的坐在那里，脸上一点表情也没有。最后又见他说道：

"监督，你还是帮卖了吧！"

他不愿意再说话，于是大家就都沉默了。只有那乌黑的枪杆在桌上闪光。窗上的纸也渐渐暗下来了，屋角已变成了黑暗，就只办公桌一带还有点微弱的光线。看这家伙不答应他是不会去的样子。但他只觉得不知怎样好。

冯二王拿起桌上的空杯子来看了看。施服务员赶快讨好似的说道：

"你要茶么？"

"呃，想喝点茶。"

但糟糕的是热水瓶却在施服务员背后隔一丈远的一张桌子上！他只是掉过头去看看，不敢走过去。"假使我一转过背，他就给我一枪呢？"他想。

"好，我自己来吧！"冯二王站起来了，就像自己家里人似的泰然地走过去，拿了热水瓶。施服务员趁势摸了一下枪，冯二王却掉过脸来随便地说：

"别摸，里面有子弹的呵！"

施服务员又赶快缩回手来，而且也知道了那里面居然有子弹，心里更加怕起来了。

"唉，这里面没有水，不喝了吧！"冯二王又坐回椅子上。门外的地板忽然响，他马上把枪抓住，眼睛看着门帘做着防御的姿势。

当这一刹那，施服务员心里更慌了，假使是另外的匪徒呢？假使把门帘一拉开，也是几个拿枪的在门口出现呢？那——呵呀！简直想也不敢想。假使是别人呢？假使给人家看出来自己把一个匪头子请到屋里来？那……传了开去，那自己就从此完了！糟糕呵！他的心别别别地直跳，捏着一把汗，用着恐怖的心情紧张地等候着。那脚步渐渐响近来了，冯二王把手放在枪机上了，施服务员全身都要爆炸了。

呵呀！门帘布在动了，拉开了，出现的却是听差，他这才放下心来。但恐怕他看破，赶快生气地喊道：

"你跑到哪里去啦！有客来都不晓得倒茶！"

冯二王趁这时候掉过平静的脸来说：

"喂，监督，这枪究竟怎么样？"

施服务员急得满头是汗，生怕听差注意到，赶快说：

"好，好，请等一等。"

听差拿起水瓶出去的时候，冯二王又说：

"好，那么就请监督马上写朱单。"

"呃，呃……这……这……"

冯二王见他迟疑着，索性把办公桌上的红笔给他放在面前，捣开红匣，铺一张白纸，一面说：

"监督，不能再耽搁了！我还要赶快去通知一下弟兄们！如果这样拖下去，别人来看见，你也不好，而我呢，倒也不在乎！"

施服务员逼得没办法了，索性横了心，明天反正就要滚蛋的，这地方又不是自己的！索性做他妈一个顺水人情吧，免得下不了台，脱不了危险！他于是拿起笔来，同时心里很痛苦地感到：自己已经全身堕在非常浓黑的黑暗里面了！感到了一种绝望了的悲哀。写到数目的时候，他问：

"多少？"

"一百元！"

他也只得写上了。"妈的，反正明天滚蛋完事！"他心里一个声音这么绝叫着。

"谁？"他提起红笔问。

"柳长生！"

他写好了的时候，冯二王等着他叫听差拿去，派一个差人送出去了，才向他约定明朝来取，就昂昂地站起来，走出去了。

施服务员气得直顿脚，在办公桌上狠狠地打了几拳，鼓起两眼瞪着门帘好一会儿，就倒上床去了。他忿忿地痛骂着逼他这样做的浑蛋！他骂着陈分县长，他骂着刘县长。他痛苦得很。但他为了要原谅自己，要为自己的罪恶找一条出路，他竭力不想起自己的无能和没有果断，没有坚决的勇气，只是深深地叹一口气："唉，这是多么残酷的社会呵！一个如我似的青年，竟使我作出这样的事情来！唉，天呀！"

听差跑进来了，慌忙地喊他：

"委员，刚才外边有几个差人在向刘监督那里来的听差说，刚刚来过的，就是冯二王！"

"什么？"施服务员吓昏了地跳起来。眼前已看不见人，只看见一片浓黑。他定一定神，这才看见听差的脸。但他觉得如果承认了是不好的，怔了一下，赶快分辩地说：

"不是，那不是！那哪里是冯二王？他们干什么要这么乱造谣？"立刻他又问他，"那听差还在这里吗？"

"委员，在的。他刚才还在后门边喂马呢！"

他两只手爪互相抓紧了，指甲陷进皮肉里，他咬紧牙齿站着，竭力要使自己不昏倒才好。但他终于挣不住，又慌乱地倒上床去了。

周老先生跌跌撞撞地颤动着花白胡子跑来了，一窜地进了门，就慌慌张张地喊道：

"监督监督！监督在哪里？"

施服务员又赶快从床上爬起来了，还没有等周老先生说出来，他全身都战栗了，已经清楚地觉到：大祸临头了！

"监督，糟糕了！街上的人个个都在讲监督通匪！说是陈监督说的，说他在你这里碰见的！说是就是那冯二王！许多人都跑到我家里去闹，门槛都要踢穿了！那柳长生简直在我家里骂起来了！说是监督卖匪枪给他！监督，这是怎么一回事？"

施服务员用两只手爪竭力抓扯着头发，恨不得两把就全都把头发扯下来。他说不出话，两眼直怔起来。

忽然从街上传来一片铜锣声，喤喤喤地响亮起来，越来越响亮了，接着是一片人们的喊声。

施服务员的思想都飞跑了。锣声不断地直逼进他耳鼓，喤喤喤喤……他只感到一阵紧一阵的心的刺痛，直僵僵地站在那里。

李村长也跑来了，在门口就喊：

"监督，不好了！柳长生他们把黄七也打了！头都打出血来了！领着一大群人跑来了！"

一阵骚乱的人声越逼越近衙门来了。沸反盈天的叫嚷，好像天崩地塌一般。天呀！这是怎样的祸事呀！施服务员只是在房里乱跳了。听差跑进来，到他耳边慌忙地悄声说：

"委员！快跑！后门！马！快！快！"

只听见乱嚷的一片人声已进衙门，周老先生和李村长慌忙跑到门边看，施服务员已经没有再思考的时间，马上趁势转身就穿过文牍室向后门跑去了。人声震耳地沸腾起来了。后门边拴着一匹竖直两耳的黑马，他开了后门，就跳上马背，两脚刚刚蹬紧脚蹬，他就使力用拳头打马的屁股，马却只是横着左边跳两步，右边跳两步，马头的嘴筒就老是向着柱头的方向碰来碰去，后脚左左右右地乱跳。人声越加逼近了。他又使力捶了马屁股几下，马还是不掉头向后门去，仍然老是把嘴筒向着柱头左左右右地乱捣，四脚只是左左右右地横着乱跳乱跑。人声向后门逼来了！他又吓又急，全身都弄出大汗。仔细一看，才知道忘了解下柱头上的缰绳。马已弄疲倦了，嘴不断地喷着汽。他赶快跳下来，慌忙解了缰绳，跳上马背，就向后门跑了出去。他全身恐怖地紧张着，脑子里已没有思想，就只是一个意识：快走！快逃出这镇子！马转了一个弯，到了街尾，是回向城去的路，在昏暗下来的天色中，已看见了那破栅子的横梁，他已没有想应该向哪方跑，只是紧张地伸直头望着前面，随马自己跑走。一飞跑出栅子，忽然，砰！他的额头上重重挨了一下，两眼火星子乱迸，几乎滚鞍落马，他慌乱了。

但他竭力咬牙忍着痛，抓紧辔头，准备来应付当前的什么敌人，但张眼一看，什么人也没有，在面前只是快黑暗下来的一片乱石路的斜坡。奇怪，这是什么打的？但随即他就记起了：那是前天曾经想过要改造的栅子横梁上吊下来的横木。

他这才清醒了，紧紧地勒住了马，不跑了，开始想了起来：

"哪里去？"

他伤心起来了，他觉得没有路走了！此地既不能住，县里也不能去了！而这回败坏了之后，前途是怎样的呀！

天上乌黑层层的死云，被黑暗从天周包围了，还有些发灰的云层也给染上了黑色，成了一片乌烟瘴气。下面几十丈深的山洼，黑雾沉沉的，已把那条蛇似的小沟和沟边的人家完全吞没了！

他感到了两颊冰湿，才知了已经滚出泪水来了。他不由得仰望着那渐渐黑暗下来的天空，深长地叹了一口气。

一九三六年十一月二日

附录：

后　记

这个中篇和三个月前写的一个长篇烟苗季的题材，都是取于十年前我在一个边地所看见过的一些生活和人物。边荒的情形究竟多少不同于内地，而且在这不断发展和变动的社会中，相隔了这么十年，那地方的情形，也许已经有着怎样的不同了？只不过，一个忠于现实的作者所应该遵守的一个创作上的铁则就是应该写他自己所熟悉的生活和人物；那么，那些生活和人物，我既然比较地熟悉把它采取下来作为自己的创作题材，想来是可以的吧？这就是我要写它的动机之一。第二，这里面所创造的一些人物据在我十年前经验的提示，是曾经有过的，自那时以后，似乎也不见得已经没有。那么，尽它下来，保存一点历史的真实来并非全无意义，于是，又有了要写它的第二动机，有这两个动机我于是就写起来了。

不过，不知道读者诸君读了后会有怎样的感想——有什么问题，有什么意见，有什么指摘或批评，如果能够不客气地告诉我，让我能够向读者学习，有自省的机会和讨论的机会，我非常感激。

一九三六年十二月十九日

1937 年 1 月 30 日由上海良友图书印刷公司出版（初版）

（中篇创作新集第七种）

1940 年 11 月改排本出版

署名：周文

汉奸的女儿

"你晓得，那江玉珍呵，真是好玩得很！你看，她打篮球，她抱起就是这么一跳，离地两尺多高！"桂贤兴奋地说到这里，身子都向上一跳。随即她又把脸凑到表姐的脸前，眼睛睁得大大的，明亮得好像两颗星。"江玉珍有天拍着我的肩膀说，二妹，——我们是结拜了姊妹的，她十八岁，恰恰大我一岁——她说，二妹，来，我们也来组织一个读书会吧，赛过她们高级班的，好不好？我说，好。我们的读书会就组织起来了！她这人真是爱动得很，又聪明得很，她前天还来信给我说，她们现在组织了一个战地服务团了。我想她们一定紧张得很。你看，我回到这南京来，暑假满了就回不去，我一个人真寂寞死了！我真想赶快又跑回上海去呢！"

表姐皱起眉头说："恐怕上海已经给日本人打得稀烂了！"

"我真是把日本人恨死了！"她抢着说，"我们在上海的时候，就常常看见日本兵开了许多坦克车在马路上示威，像一串爬着走的乌龟一样。大家都说，这日本帝国主义不打倒，我们中国就要亡国……"

这时，她父亲恰恰出现在门边，瞪了她一眼，但她没有发觉，仍然兴奋地红着脸说下去：

"的确，日本帝国主义真是太欺负人了！占了一个地方，还要来占一个地方！现在我们中国人真是只有跟它拼一拼！"

她父亲又瞪了她一眼，但她没有发觉，还要说下去。

"呵，我该回去了！"表姐伸了一个懒腰，打一个哈欠说，"恐怕回头空袭警报一来又回不去了！"说着就站起来。

桂贤怔了一下，觉得自己又要寂寞起来了。但一看见父亲站在门边，沉着脸，现出不高兴的样子，她就不好挽留只得让表姐去了。她父亲一手搭在背后，一手摸着胡子喊道：

"桂贤！来！我跟你说话！哼，我已经给你说过，叫你不准再说什么日本帝国主义，日本帝国主义的！送你到上海去读书，你什么好的都没有学到，就尽学着这些怪名堂！什么打球咧，帝国主义咧，又是什么什么咧，真是现在的学堂越来越不像话了！我们中国人就该读我们的中国书，四书五经这些才是正书，连日本人连外国人都是称赞的！中国现在糟到这样，怎么怪日本人来打我们！听着，我叫你以后不准说什么帝国主义！真是好的不学！"

桂贤挨了这一顿严厉的申斥，脸全涨红了，低着头，手指绞扭着手帕，而心里则非常不高兴。母亲陪着一个客人进来了，父亲就向她喝道：

"赶快到里面去！"

她这才透出一口闷气来，刚刚转身，就看见父亲正在招呼前面的客人。那是一个有两撇八字胡和一对老鼠似的眼睛的人，也正在向父亲打躬，点头，但一面却用斜眼把她死死瞅着，就和第一次遇见时一样。她赶快低着头就跑进去了，心里觉得非常地不舒服。"奇怪，这客人是一个什么家伙？"她想。那第一次遇见时的影像又在她眼前出现了。那天她刚从外边回来，经过客堂门外的时候，就看见这客人和父亲两个在脸对脸地叽里咕噜谈些什么，好像很秘密似的，当她一出现，他两个都吃惊地把头分开。她这么一想，忽然引起她的好奇心来了，还想转身跑到隔壁从壁缝看看。但小妹妹跑来了，一把拉着她的手，喊道：

"姊姊！你说今天要给我买糖呢？咹？"

"姊姊今天还没有出去过呀！"她说，随即伸出两个指头摇着吓她，"别闹别闹，日本飞机又要来了！你怕不怕，日本飞机？听，警报！呵，果然是警报！"

呜——那尖锐的电笛的声音刺破灰白的天空拉得长长地叫起来了，把恐怖撒向人间，像一把锋利的尖刀直刺到桂贤的心上，她感到慌乱了，眼睛睁得大大的。小妹妹却紧紧抱着她的腿子惊喊：

"姊姊！姊姊！"

一会儿，就听见嗡嗡的大声在屋顶上的天空震响起来了。除了这声音统治了全宇宙以外，一切都归于寂静。经验告诉她，这又是我军的空军升空，准备拦击敌机了。她仿佛感到一种保障，心里稍稍和缓一些。接着紧急警报叫起来了：

呜——呜——呜——……高射炮声也在远处响起来了：轰轰轰……

轰嗵！在不知什么地方，炸弹爆响了，地皮都震动了一下。接着就听见许多飞机在屋上的高空乱响起来，咕噜噜地好像要把天空胀破，整个宇宙都仿佛要爆裂了。在那样紧张的天上，机关枪声也响了：咯咯咯咯咯咯……想见我军飞机正在与敌机猛烈搏战，四面的高射炮都连珠似的射了上去。忽然，呜的一声，飞机向下来了，轰嗵！！又落下一个炸弹，这回比较地近，房顶，窗格，板壁，都一齐发抖，簌簌乱响起来。桂贤全身都发抖了，赶快拉着妹妹就向屋角一跳，死死用背抵住壁头，腿子却一点力也没有，想蹲下去。妹妹哇的一声哭了起来，把脸紧紧贴在她的身上。她心里感到乱麻似的慌乱，仿佛觉得炸弹就要掉在头上来了，那残肢断骨，血肉模糊的惨象突然幻影似的展开在她眼前，她恨不得一下子就跑到母亲面前去一把将她抱着喊："妈呀！"

好容易等到飞机声远去了，高射炮声也停止了，"解除警报"的电笛声响起来了，她就立刻拉起妹妹向外边跑来，仿佛在这几十分钟里，像隔了一世似的，恨不得两步就抢到母亲的面前。但她刚刚跑到客堂门口，就吓了一跳，站住了。只见父亲正送着那个奇怪的客人出来，父亲手上拿着一包什么东西，见她一来，就慌张地塞进袋子里去。母亲是站在更后面，瞪了她一眼，她才恍然大悟，自己是太冒失了，怎么有客人在这里都忘了？她涨红了脸，赶快又转身拉着妹妹回进里面去。

一会儿，她跑到大门口来了，只见马路上许多人在疾走，有的从这头走，有的从那头走，有一群从这门前走过时，正在兴奋地谈论着——

"嗬嗬！那一个炸弹就炸坏了两家房子，连那附近的几家都震坍了！"

"哼，要那炸死的两家才惨呢！头都不晓得炸跑到哪里去了！哼，惨呵，妈的！这日本鬼子！"

"可是我们今天又打落它四架飞机呢！四架！"说话的这人仿佛显得非常高兴，"哼，还捉住他妈的两个汉奸！妈的，这些汉奸真可恶，居然敢跑出来给日本飞机放信号！该活活地打死！"

桂贤听了这话，也觉高兴，转过头来说：

"妈妈！今天又打落敌人的四架飞机呢！还捉住两个汉奸！这些汉奸真太无耻了！"

"别在那里胡说八道！给我进去！"父亲喝道。

她气愤地垂了头就向里面走来，心里奇怪得很：怎么众人都高兴的事情，父亲会不高兴？难道打下日本飞机，捉住汉奸都不该高兴吗？真是奇怪得很！后来，她得到了一个最恰当的解释："是的，一定是父亲这两天同那个奇怪客人的来往，有什么不顺心的事了！"

在一个晚上，她忽然从梦中惊醒了，听见周围有许多人说话的声音，她赶快睁开眼睛，电灯的光直刺着她，但使她吓得发呆的是，门口骇然地站着几个武装宪兵。

"快起来！"那些人在大声喊道。

她发昏了，只坐在床上，用薄被把身子遮住，不知道该怎么办才好。宪兵又喊了，她只得赶快穿好衣服，木头似的站在床前。几个宪兵就进来了，分头在她的枕头下，席子下，床下，抽柜里，箱子里搜查起来，她看见父亲和母亲都被好几个宪兵拉在房门外，垂着头的。她几乎要大声哭了出来，但已经吓昏了，哭不出，心只是突突地在胸口乱撞。"究竟是怎么一回事呀，这？"她迷迷糊糊地想，"难道我们这样的人家还犯了什么罪？"她看见父亲和母亲都被宪兵们簇拥着走了，几个宪兵把她一推，她也只得跟着出来。马路上停住一辆大囚车，父亲和母亲先押上去，她也跟着被押上去，面对面地坐着。她望望父亲，又望望母亲，但他两个都把眼光避开了，那脸上都在起着痉挛，现出非常害怕和痛苦的表情，她感到心头一阵悲痛，终于忍不住哭喊起来了：

"妈呀！"

"不准讲话！"宪兵在旁边喝道。

车子开到一个地方就停下了，车门一拉开，就看见面前是一座高大的洋房子，车子周围则站了许多穿武装的人。

"汉奸捉来了么？"旁边有谁在这么说。

这好像打了她一耳光，她立刻感到愤怒了：什么？汉奸？谁是汉奸？我是汉奸吗？我的父母是汉奸吗？我们这样的人家会是汉奸吗？她想跳起来，想叫起来，喊出自己的冤枉。但她的胸口闷胀了，喉管像被什么东西塞住了，怎么也叫不出来。她想等着父亲和母亲叫喊，但他们两个并不叫，只是羔羊般垂头丧气地被押进一个地方去了。她自己也被押进一个房间，只见门外有几个人用手指着她说：

"哼，这样一个女孩子也做了汉奸！"

"这真是该死呵！贪图一点儿日本人的钱，就公然敢出卖了中国！"

"我不是汉奸！"她终于悲愤地喊出来了。

"哼，你不是汉奸！你们家里那些证据是从哪里来的？"

"我不是汉奸呵！"她又更大声地喊了。

"不准叫！"

她用两手捧着脸放声痛哭起来。她仿佛觉得周围的房屋都在转了，地就要崩裂了。只听见轰的一声门被拉去关上。她想这么被人冤枉，倒不如死了的好，就把头猛烈地撞在壁上，但她又觉得非常痛，就又停住了，只是不断地号哭。不知过了多少时间，两个宪兵开了房门，把她押着出去。到了一个地方，只见好几盏电灯通明，在一条长公案上，一字儿坐了四五个威严的有胡子的人。两边排列着许多武装宪兵。在公案前站着十几个人，中间有她的父亲和母亲，还有那个八字胡的奇怪的人。她立刻明白，这大概就是审问了。宪兵把她押到公案前，上面坐在中间的一位问了她的姓名，年龄，籍贯，职业，之后就向她说：

"问你的话，你要老实地说，他们是已经招了的。你把你知道的通通说出来。"

她放声哭起来了，泪水在腮上迸流。两旁的宪兵叫她不要哭。公案上的那位又问她："这些人你都认得不？"她胆怯地抬起头来，把那站在旁边的十几个人一个一个地看过去，都穿得非常阔气，是西装长袍的人物。有脸变成土色的，有垂着头的，她摇一摇头，表示都不认得。上面那人就指着那八字胡的人给她看，她点点头："认得。"那人于是问起她来，她不知道要怎样开口才好，只用泪眼把公案望着。后来那人向她说："你如果不说，是要给你吃苦头的呵！"她脊梁上通过一道寒流，全身都战栗了。终于，她鼓了鼓勇气，把自己看见过他到自己家里来的情形叙述了一遍。那人又重复盘问了她一番，之后，就掉过头去向着桂贤的父亲道：

"你知道你的罪吗？你们这样无耻地去做汉奸，不但出卖了民族，甚至把你们的儿女都拖累了！"

桂贤吃惊地抬起头来，这回才明白了那话的意义，用了诧异地睁得大大的泪眼把父亲和母亲望着："呵，原来你们竟是汉奸么？唉，这是怎么一回事呢？唉唉，汉奸，汉奸，这是怎样可耻的事呵！"她看着父亲和母亲的脸，仿佛他们完全变了，在那痉挛的脸上，好像每一条褶皱都藏着卑污的痕迹，彼此的中间好像立刻起了一层看不见的墙壁，互相越离越远，已不复再是自己的父亲和母亲了！而自己曾经朝夕相共互相亲爱的父亲和母亲呢，突然间没有了，消灭了，只丢下自己这一个孤苦伶仃的女儿！她想到这里，又伤心地痛哭起来了。

"不要哭！"上面的那人说道，"你还哭什么？这样的汉奸父母还要哭他们干吗？下去！"

她立刻又被押走了，很想回头去看看她的父母，但她的心突然一横："是的，他们是汉奸！我还看他们干什么呢？"她刚刚一到原来关她的那间屋子，又有几个人拥到门前来了，问：

"这小汉奸问过了么？"

"完了！自己也背了汉奸的名了！"这一个屈辱的念头直刺进她

的心脏，耳朵嗡的一声，两眼发黑，她就昏过去了。不知过了多少时间，她才渐渐醒了转来。她想，过去的那些该不是梦吧？该还躺在自己床上的吧？但一睁开了眼睛，面前却还是砖墙的壁，还是被关锁住的屋子，她立刻又全身都战栗了。她愤恨自己怎么要醒来呢？就那么死去了不是很好吗？但她又试想着其实父亲和母亲都是清白的，平常对她都非常爱惜，给她做新衣，买很好的糖果，送她到上海的学校学习，难道他们会是汉奸吗？她于是又捧着脸哭了。但另一种念头突然又抓住她，她记起那有八字胡的奇怪的客人，在客堂里和父亲悄悄地叽里咕噜的景象，父亲一见她来就鬼鬼祟祟地把什么东西塞进袋子里，而母亲就站在父亲的后面。她又觉得完全明白了：呵，他们竟是汉奸！她于是不哭了，咬住牙齿痛恨。那问官的一句话仿佛还在她的耳边发响似的："你们这样无耻地去做汉奸，不但出卖了民族，甚至把你们的儿女都拖累了！"她想到自己恐怕也要被枪毙，全身都就发抖起来，每条脉管的流血都像顿时停止了活动。她睁大了好像要爆炸了的眼睛，两手抓住头发，愕然四顾，但四围都只是砖的墙壁。她恨恨地想："你们这样的父母呵！拖累得我好苦呀！"最后她决定："死就死了吧！可是呵，呸，多丑！"她又觉得自己的可怜，又忍不住哭了。仿佛唯有哭的一法才能稍稍安慰自己的孤独似的。

第二天，听见有两个宪兵来开房门的锁，她的脸顿时变成了死灰色，屏住呼吸，紧紧把门盯着。门开了，一个宪兵向她说：

"你的父母都已枪毙了！你……"

她刚听了第一句，就"妈"的一声叫了起来，她的腿软，站不住了，颓然地靠在一张椅子上，简直像傻了似的。那宪兵叹道：

"可怜，这样的一个姑娘！"

另一个却接着向她说：

"你听着：法官已经判明你是无罪的，你可以回去了。"

207

那声音慢慢传达进她的脑里，她才哇的一声哭出来了。

她向着自己的家门走来的时候，只见附近邻居的许多人都站出门来把她紧紧地盯住，全都是那种尖利的眼光，好像乱箭般向她全身射来，她满脸羞得通红，不敢看他们，只低着头走。到了门口，就见有两个宪兵坐在门里边，小妹妹看见她就猛扑上来，一把将她的大腿抱住，哭起来了。她也弯下身去，抱住妹妹的头大哭。门外边挤满人了，许多脑袋都争着要伸进来看，同时起着嘈嘈的声音七嘴八舌地讲着：

"唔，放回来了！"

"留起这汉奸种子干吗？"

"真是做娼妓都是人干的，怎么去当汉奸啦！"

"哼，日本人我们倒不怕，可恶的就是这种汉奸！飞机来，他们就放信号，尽炸着我们老百姓！"

"真是干脆打死了痛快！"

"上海不是在马路上捉住过一个女汉奸么？比她大不了多少，也是什么女学生样儿的！"

桂贤吓得不敢做声了，全身都充满了一种恐怖，担心着众人真会拥将进来几拳把她打死。

"不要围着！不要围着！没有什么看场的！"宪兵向众人说。

桂贤于是拉了妹妹到后面的屋子里去，一进门，她身上就打了一个寒噤。只见屋子里非常地凌乱，抽屉开了，书架乱了，桌子凳子都没有整齐地在原地方，特别是纸张纸条满桌满地都是，她喊老妈子，老妈子也不在了。一种家破人亡的凄惨景象，使她又忍不住涌出了眼泪，无精打采地坐在一张沙发上，好像木偶一般。

"呵，一切都变了！一切都完了！"

好一会儿，她又想："怎么办呢？我这样了怎么了呵！还是把东西收拾起来吧！"她站了起来，把地下的纸张拾起，把床铺好，她想到这床还是母亲亲手铺过的，她又要哭起来，但一想到母亲是汉奸，她又用牙齿咬住嘴唇，竭力忍耐住。忽然一个宪兵进来向她说：

"你把你自己的东西收拾起来吧！其余你父母的东西通通都要没收，回头就要来运走了！"

她吓得张大了眼睛把宪兵望着，好一会儿，她又颓唐地垂下头来，这回真的伤心地哭起来了。小妹妹莫名其妙地也站在旁边哭。她想："这真是完了！好，这些东西没有了也罢！今天这地方恐怕是住不成了！"她带着小妹妹坐了一部黄包车到表姐的门前来。她用手拍着门，拍了一会儿，才听见表姐在里边和谁说话的声音，接着就听见一种不急不慢的脚音向着门走来，她立刻感到非常兴奋，想到表姐一把门开开，就一把将她抱住痛哭一场，和她畅述自从被捕以来的苦处。但那脚音在门边停留了一下，忽然又回进去了，她立刻感到非常地惊异，"怎么呢？"又竭力拿手拍门，好一会儿，又才听见一个人出来了，这回的脚音却是慢吞吞的，一听就知道是老妈子王妈的小脚的步法。门被拉开一条缝，就伸出一张满是皱纹的脸来问：

"哪个拍门？"

"王妈，你怎么连我都认不得了！表姐在家没有？"

"没有。"短短的回答。

"那么姑母在家没有？"

这回的回答却是用的摇头。她感到奇怪起来了，这王妈，往常一见她来时，就连连喊她小姐小姐的，即使主人不在家，都要请她进去坐坐，而今天忽然变了，那脸色像铁板一般，一点表情也没有，她有点气愤了说：

"你说不在家，那么谁在家？"

"全出去了！只留下我一个人了！"

"那么我进去坐坐等她们吧！"

王妈的头却一缩，一下子就把门关上了。桂贤呆呆地对着门板，全身都仿佛失去了知觉。她想："完了！连亲戚也不理我了！我在这世界真成了孤儿了么？"但她竭力咬紧牙齿，忍受着不让眼泪滚了出来。

她回到自己的家来，一种凌乱的景象，一种家破人亡的惨景又映入她的眼里，顿时觉得阴森的寒气向她全身包围来了。她立刻想道："一个人处在这样的世上，还有什么活的意义呢？"她想到了服毒，想到了投水。小妹妹却在旁边要哭的神气喊道：

"姊姊！妈妈呢？我要我的妈妈！"

她望着小妹妹，又觉得她多可怜呵！这么小，谁照管她呢？她立刻又感到了自己的重大责任。"是的，恐怕只有到上海去的这条路了！那里有江玉珍她们，有我的许多同学，她们正在做战地服务团的工作，我也去做吧！她们这些都是我的好同学，一定都可以安慰我，而且重要的是我要去用救国工作来洗去这汉奸的耻辱！"她一想到这里，仿佛觉得前途还有着光明在闪烁。她咬紧了牙关想："是的，我准备去忍受一切的苦吧！"

她决定了，就收拾行李，在箱子里还发现了一张母亲的一千多元的借据，是上海的一个亲戚开的票子。她想，到上海时，就把这钱收来作为救国工作的费用吧，于是就把它收拾起来。

终于她带了妹妹坐着火车到了上海的西站，只听见闸北那方面轰隆隆密密的大炮声不断传来，中间还夹着咯咯咯的机关枪声。一大团灰黄色的云雾遮没了半边天直升向空中，仔细一看，就认出那是房屋燃烧的烟焰。而西站面前的马路上，数不清的人们不断地忙碌着，许多卡车来来往往，有载着伤兵的，有载着难民的，每个车上都有童子军站在上面。桂贤立刻感到非常地兴奋和紧张：是的，现在自己就要和他们一样投到救国工作里来了。她叫了黄包车，把箱子放上，就同小妹妹一起坐了上去，车子直向租界上拉来。进了一个弄堂，到了江玉珍的门口，她敲了敲门上的铜环，那全身都非常活泼的江玉珍跳跳蹦蹦地拉开门，但一看见她时，却立刻怔了一下，她像电影正在放，忽然一下子断了似的。不过只是一会儿，随就笑起来了：

"呵，你到上海来了么？我们在报上看见你的……"

桂贤的脸涨红了，随即叹了一口气，眼眶里就涌起泪水。她一面感到惭愧，一面感到伤心，而另一面又感到感激。这几种情感同时涌了出来，搅成一种凄酸的味道："是的，玉珍究竟是自己的好同学！"她们一道提了箱子，携了小妹妹进客堂来，刚刚坐下的时候，就看见一个女人的头在背后的门边伸了一下，她刚要喊一声"伯母"，但那头立刻就缩进去了，马上里边就在喊玉珍。玉珍向她说：

"你坐着，我进去一下就来。呵呵，你吃过饭么？我进去叫娘姨给你弄来。"

里面又在喊了，玉珍跑了进去。桂贤就听见她们娘儿俩在叽里咕噜，好一会儿，才看见玉珍满脸不高兴地走了出来，走路都懒懒的。桂贤心里一跳，立刻很敏锐地感到大概是关于自己的事情了，她局促不安地站起来问：

"姐姐，你们的战地服务团现在怎样？"

那个的脸色顿时沉下，无精打采地回答：

"不晓得她们怎样。"

"姐姐，我这回也来……"

"对不住得很，"玉珍带着抱歉的样子说，"请你离开我们这里吧，因为我妈妈觉得你在我们这里不方便。恐怕人家会怀疑我们。"

桂贤完全呆住了，脑顶上好像被谁用铁锤一击，发昏了，眼前只见许多倏起倏灭的黑圈在玉珍那没有表情的脸上飞动。但她竭力镇静住，立刻拉了小妹妹转身就走出门来，忽然听见玉珍追着喊她，她心里就活动一下，以为她也许又来留自己了，但转身一看，却见玉珍提着箱子追到门前：

"哪，你的箱子！"就马上进门去了。

她想："这一下可真完了！连好同学都不理我了！"她真想放声大哭，但已感到不像从前那么容易地一哭就哭出来，她于是硬起心肠喊了一部黄包车坐到旅馆去。她开定了房间之后，又下了一次决心，既然来上海了，还要作最后一次的奋斗。她把小妹妹关在房间里，就独个儿坐了车子再找另外一个同学去，但她刚刚敲开门，那同学站在门边一看见是她，就惊慌地向两边看看，只是随便敷衍两句就关了门进去了。她明白了，自己在同学中是完全绝望了，但这时已不觉得自己需要哭，只是感到一种无名的愤怒。她就咬住牙冷笑了一下，又决心去找找妇女界救亡协会去。她想："把我整个的身体和精神献到无论任何艰难困苦的工作去，她们总该要收容我吧？反正我是什么也不顾的了！"

她想尽了方法打听，终于打听到妇女界救亡协会的地址了。她走进门去，就看见里面许多女人和女学生川流不息地进进出出，有的在袖子上还缠了一圈红十字的佩章。有的在裹什么白的东西，有的在缝灰的什么东西，显然是在做救护和慰劳这些用的，全都忙成一团。她走到一张桌子前，向那正拿笔在簿子上登记的一个女人低声下气地问道：

"请问，登记在什么地方？我是来加入的。"

那人抬起头来，把长发向后脑一甩，睁大一对眼睛望着她：

"你是哪个学校的？"

"嗯，我是 ×× 女校的。"

"你们学校不是已经组织了一个战地服务团加入我们这会了吗？你要做工作，应该由那里写一封信来。"

她怔住了，迟疑了一下说：

212

“不，我没有参加她们那个服务团，我想个人来加入，请你们……我是随便什么苦都……”

“那么你有介绍人吗？”

她又怔住了，好一会儿才嗫嚅地吐出了几个字：

“我……没……有。”

“对不住，你没有介绍人，我们又不知道你的来历，我们怎好让你登记？请你原谅，这实在是我们不得已的苦衷，因为近来汉奸活动得很厉害！”

这好像一闷棒，直劈在她的脑门上，眼前只见火星子乱迸，但她还不由自主地冒出一句：

“为什么？”

“为什么？因为我们要防备汉奸！”

她的眼前已经变成了昏天黑地，但她不知怎么脚却移动起来了。

“为什么？”她又问，但没有回答的声音，却只见眼前许多东西乱动，汽车，黄包车和人的流。但她的脚步只是不由自主地移动。

“为什么？”她又问了。忽然，她的背后发出一声猪样的尖叫，叫得很厉害。一只手突的伸了来拉她一把，她这才惊醒了，一看，原来是巡捕，巡捕把她拉在一旁，她才看见刚才猪叫般的东西是一辆雪亮的汽车，车子里的车夫在向她大声喝道：

“寻死么？”

汽车嘟的一声就驶去了。她想，刚才为什么不把自己一下子辗死了呵！她又无目的地走了起来，到了十字路口，只见许多人在乱跑乱喊：

“打汉奸呵！”

她立刻吃惊地站住了，定睛一看，原来一个男子被许多人包围着，在用拳头打，用脚头踢，而人们还在越聚越多，全都向那人打去。那人只是尖声地大叫。后来大家把那人的两手两脚提起来，就使劲地向地上掼去，又提起来，又掼下去，到了最后，就一点声音也没有了。她吓昏了，赶快用两手蒙着自己的眼睛。"我是完了！天哪，我是完了！我在这世上还有立脚的地方么？！"只见一辆汽车飞速地驶来，她就想迎着车头撞去。但她脑子里另一个念头一闪，就又站住了，"我就这样糊里糊涂死去么？不，不，我得死得一清二白！"她决定了，就向旅馆走来，坐在桌前写一封信，小妹妹在旁边拉着她的衣角哭，喊她，她都不理，一直写了下去，把经过情形写了之后，便这么写道：

> ……我的父母自然是汉奸，难道我也是汉奸么？可是亲戚不认我，同学鄙视我，我用了最大的决心来参加救亡工作，想从工作中来洗清我自己，我拿生命来献给国家，可是谁都怀疑我，没有一个人可以证明我的清白！我还有什么在这世界上活的意义？只有死才是我唯一的路！但我并不怨别人，因为他们是对的，他们怕人家怀疑，只恨我的父母昧了良心去做汉奸，使他们的儿女受到这样大的惩罚！我尤其恨的是日本帝国主义！我一家人都因了它而牺牲！可是我要打倒它是不可能了，只愿你们打倒它罢！我是死了，我把我的妹妹交给你们，她是清白的呵！我还有一张一千多元的票子，就拿去买救国公债吧！呵！永别了！我的中华民国呵！愿你永远健康！

她写到最后，忍不住抱头痛哭起来！小妹妹也哭喊着她：
"姊姊呀！姊姊呀！"
她把她抱在自己的膝上来，深深看了她一眼，"这是最后的一眼了呵！"她想。就越觉得这小小的妹妹可怜，她吻着她的嘴，又吻着她的额，不断的泪水珠流到了妹妹的脸上。最后，她咬紧牙关，不哭了，抹了脸之后向妹妹道：

"妹妹，你就在这屋子里坐坐吧。"

"不，姊姊，我要跟姊姊一块去。"

"不，妹妹，你是听话的，你不要去，姊姊去给妹妹买糖来。"

"好，姊姊多买点呵！"

"好的——"她回答，又哽咽着了。她把她放下地，自己就慢慢站起，走出房门来，她仿佛感到一切都从她面前消逝。

"姊姊！"

她一惊，回头过来，就看见妹妹站在门边，天真烂漫地把她望着，随就一跳跑出门来了，一把将她的腿子抱着，仰起脸来说：

"姊姊，我要去！"

她又觉得她的可怜，几乎又要哭起来了，但她立刻把脖子一挺，想："这样是不行的！马上会要连死都不敢死了！"她就把妹妹抱进门内，关了门，就头也不回地匆匆走出去了。

一九三七年十一月十八日

1937 年 12 月 1 日《金箭》第 1 卷第 4 期

署名：周文